青春励志馆

U0508534

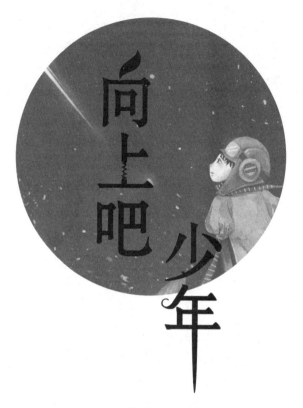

省登宇 主编

国际文化出版公司
·北京·

目 录
Contents

目录
Contents

你自己愿意躺下，
没有任何人能够扶你起来。
很多时候，
成功的定义就是这么简单。
不管别人如何轻视和敌对你，
只要你勇于对自己说：
我行！相信自己，
并且敢做敢闯，
这世界上就没有做不成的事情。

——方益松《告诉自己：我行》

不能跳舞就弹琴吧，
不能弹琴就歌唱吧，
不能歌唱就倾听吧，
让心在热爱中欢快地跳跃，
心跳停止了，
就让灵魂在天地间继续舞蹈吧！
这是所有英国人最喜欢的墓志铭。

——包利民《不能跳舞就弹琴吧》

人的每一天其实都是在打开身前的门，
你要知道，这是必须做的。
打开身前的门，
你才发现，
前面又是新的阳光了，
不论你以前是失败还是成功，
你都站在一个新的位置，
所有人的机会都是平等的。
于是，你才会坚持下去，
因为你深知走下去，
前面还是你的天。

——王国军《打开你身前的门》

Chapter01 /
/ 告诉自己：我行

　　不管别人如何轻视和敌对你，只要你勇于对自己说：我行！相信自己，并且敢做敢闯，这世界上就没有做不成的事情。

将梦想置顶

■ 朱砂，作品常见于《青年文摘》《读者》等，《有一种情，叫相依为命》和《打给爱情的电话》先后被评为《读者》杂志"最受读者欢迎的作品"。《5 点 45 分的爱情》获 2008 年中国晚报作品新闻副刊金奖。

对于许多人来说，生命里最大的不幸莫过于在最需要呵护的童年里失去母亲，6 岁的法国男孩儿雷奈克便是其中的一员。

雷奈克的母亲患有非常严重的肺结核病。温暖的笑，苍白的面容、消瘦的身体和暗夜里那一阵阵撕心裂肺的咳嗽声，是母亲留给小雷奈克最初的也是最深的记忆。

幼年时的雷奈克几乎没有得到多少母爱，便被父亲送到了叔叔家寄养。母亲的肺结核具有很强的传染性，当时的医学根本就无法医治。一家人都希望小雷奈克能远离病源，有个健康的身体，然而，很不幸，年幼的雷奈克还是遗传了母亲的肺结核病。

雷奈克的叔叔居洛木是个医生，尽管他对待小雷奈克像对待自己的亲生儿子一样疼爱，然而叔父的关心却终是无法代替母亲的怀抱，每当身边的小朋友一脸幸福地说起自己爸爸妈妈时，小雷奈克总是悄悄地躲到一边，沉默不语。

多少次，暗夜里，从睡梦中醒来，面对窗外皎洁的月光，小雷奈克静静地想，等将来长大了，一定要当全法国最出色的医生，让所有像妈妈一样的人都能摆脱病魔的困扰，快快乐乐地生活。为此，虽然身体羸弱，可小雷奈克的意志非常坚定，从背上书包的那一天起，他便成了班上学习最刻苦的学生。

1801 年，带着父亲和叔叔凑的 600 法郎，19 岁的雷奈克只身来到巴黎，向巴黎最有名的大医院——创建于 1607 年的慈善医院递交了入学申请。雷奈克之所以选择这家医院，是因为它拥有当时最有名的医生科维萨特。科维萨特是 19 世纪法国医学黄金时代的代表人物，一度曾经做过拿破仑的御医。

在科维萨特的帮助下，仅仅用不了不到三年，雷奈克便通过了当时最优秀学校的所有严格的资格考试，获得了一名法国医学生所能获得的最高荣誉，被选进属于皇家医学会的医学卫生学院。后来，他如愿以偿地成了巴黎内克医院的一名医生。

从医的每一个日子里，雷奈克坚守着自己的梦想，努力做一名最优秀的医生，竭尽全力的帮助每一个患病的人。

然而，许多时候，不是光靠个人努力和热情就能解决问题的。

一次，雷奈克接诊了一名女病人，病人很胖，雷奈克给她检查后并没发现任何异常，然而病人痛苦万分的表情却分明昭示着她确实有病，而且病得很重。那个女人在医院住了好几天，最终也没检查出病因来，几天后的一个傍晚，她死了。

征得家属的同意后，雷奈克解剖了病人的腹腔，发现腹腔内有大量的积水。原来，这个胖病人的腹部脂肪太厚，单凭医生用手敲打腹腔根本听不出异样来，而如果能及时发现病因，这名病人完全可以活下来。

女病人和雷奈克母亲过世时的年龄差不多，她的死，意味着又有一个或几个如雷奈克一样的幼儿失去了母亲。一个从小便立志做一名优秀医生的人，面对和自己母亲一样的病人，却束手无策，任其死去。雷奈克陷入一种深深的自责中。

从那之后，如何能发明一种可以清晰地听到病人胸腔里心肺运转情况的仪器，成了雷奈克工作之余一直苦苦思索的问题。

1816 年 9 月的一个下午，雷奈克在公园里散步，无意中发现，有几个孩子正在木料堆上做游戏。一个孩子在一根木料的这一端，用大铁钉敲击木料，另外几个孩子在木料的另一端，用耳朵贴在上面听那敲击的声音。

看着孩子们兴高采烈的样子，雷奈克突然想到了什么，他快步走上前去，对几个孩子说："小朋友，让我听一听好吗？"孩子们愉快地答应了。雷奈克将耳朵贴在木料的一端，果然，通过木料，另一端敲的声音清晰的传来。

"听到了，听到了。"雷奈克像发现了新大陆一样，立即招来一辆马拉篷车，纵身跳了上去，直奔医院。

跑进办公室，雷奈克拿起一个笔记本，卷成筒状，把它紧紧地贴在一个女孩儿左边丰满的乳房下，那一刻，他清楚地听到了病人心肺的跳动声，长期困扰他的诊断问题瞬间迎刃而解！

后来，经过多次试验，雷奈克试用了金属、纸、木等材料不同长短形状的棒或筒，最后改进制成了长约 30 厘米、口径 0.5 厘米，中空、两端各有一个喇叭形的木质听筒，这便是人类医学史上的第一只听诊器。透过它，雷奈克能非常准确地诊断出许多不同的胸腔疾病，他也因此被后人尊为胸腔医学之父，年少时的梦想终于变成了现实。

今天，先进的医疗器械进入了医院，但是，听诊器仍然是最基础、最简便、最重要的诊断仪器。现在，越是名医越重视听诊，也越能通过听诊器发现心肺疾病的蛛丝马迹。

敲击固体物质的一端可以从另一端听到放大的声音，这原本是一个再普通不过的生活现象，之所以能被雷奈克发现，并创造了人类医学史上的一大发现，是因为，从失去母亲的那一天起，他的梦想，便是成为全法国最优秀的医生，为此，他付出了一生的努力。

许多时候，现实常常是这样，生命之初，几乎每一个年少的你我都曾有过梦想：当一名优秀的人民教师，做一名杰出的科学家，成为一名英勇的人民警察……小时候，我们的梦想是那么的简单而清晰，然而随着时间的推移，这些梦想不是被现实压缩得无可察觉，便是被一个又一个的念头抵消，最终变得了无痕迹，成为生命暮年感叹的标的。

一位作家曾经说过，一个人的时间在哪儿，他的成就就在哪儿。固然，我们无法选择事业的成败，但至少，我们可以选择，在自己人生的主页上，将梦想置顶，并为之坚持不懈地努力下去……

公平的阳光

■ 朱成玉，作品常见于《读者》《特别关注》等。曾获首届"意林杯"龙源国际文学创作大赛一等奖。《读者》杂志"最受读者欢迎文章"奖。曾有多篇文章被选入中高考试卷。

每个人都有那样的日子吧，前途暗淡，心灰意懒，每天怨天尤人，将自己封闭在黑暗潮湿的角落里，不肯向那有光亮的地方回眸，任凭一颗心生满苔藓。

我便是那其中之一。直到有一天，在一个西瓜摊儿前听到一对父女的谈话，心上的苔藓才开始慢慢地滑落。

正在埋头吃西瓜的女儿问了父亲一个很值得深思的问题，她问："为什么有的西瓜甜有的西瓜不甜呢？"

那父亲回答："甜的西瓜是因为被阳光照耀的时间长。"

"那地里的西瓜不是都在接受阳光的照耀吗？"

"是啊，阳光是公平的，它一视同仁地照耀着那些西瓜，可是有的西瓜怕热，自愿待在阴影里，不肯接受阳光的照耀，所以它们就是不甜的。"

我很佩服这位父亲，能教育孩子于无形之中，并且他的话对我同样适用，令我有一种醍醐灌顶的感觉。

"那我用现在这个不甜的西瓜的籽，明年还种上，它会甜吗？"女儿接着问。

"当然，上帝给每粒种子的机会都是平等的，是成为成熟的西瓜还是生瓜蛋子，就看你后天的努力了。"父亲回答。在他看来，西瓜也是有心的。有的心是坚强的，有的心是懦弱的。

上帝赐予一粒沙子，人把它变成一堆眼屎，贝壳把它变成一颗珍珠。同样的，上帝给每个人一副牌，有些人拿到了好牌，沾沾自喜，得意忘形之下很有可能因为疏忽而输掉了牌局，有些人拿到坏牌，却认真地去打每一张牌，就会有赢牌的可能。

不论什么时候，都要有一颗向上的心！很多时候，你屈居阴暗的谷底，那是你放弃了攀登，凭什么指责阳光不肯普照呢？

把握人生的每一次意外

■ 王国军，作品常见于《青年文摘》等，南充市作家协会会员，成都市微型作品协会成员。国内外各大报刊上刊文 130 余万字，入选中考语文试卷 3 次、各类丛书 200 余篇。

人的漫长一生中，总要遇到很多次意外，这些意外我们往往忽略了，甚至是采取排斥的态度拒之门外。殊不知，一个人的成功并不是事先选定的，发展的过程中存在着太多的变数，而每次变数所带来的意外，都有可能让我们走向成功或者失败，那么怎么才能正视一个人一生的每次意外并采取及时合理的对策呢？下面是一些专家人士的几点建议。

正视你的意外

吉姆·福瑞克，从小十分自卑，因为成绩太差，他甚至想到了退学，拿中学毕业证的那天，他没去学校，而是选择了流浪。一次在一个草地上，因为无聊，他提出玩一个高尔夫游戏。连续十杆，他都打进了洞。

他立即欣喜若狂地把这一消息告诉祖母，祖母也认为他是一个可塑之才，便把他带到佛罗尼达州一所职业中学里，专门学习高尔夫球。因为有祖母的期望和鼓励，他克服了自卑，表现异常努力，不久后在一次职业比赛中一举成名。后来他常对媒体说的一句话就是："没有一种是必然实现的，人生中有很多意外的惊喜，只要正视，并敢于放弃你不能的，敢去坚持你所选择的，成功在拐个弯后就会越来越靠近你。"

别害怕兴趣转移

美国人维纳，读大学时，兴趣一直都不稳定，每一年都在学不同的东西，化学、物理，工程学都涉及，但又都半途而止。父亲实在看不下去了，就强迫他去学他从小就讨厌的数学。开始时，维纳想过爬墙、装病等方式逃脱，但都被父亲一一识破，迫不得已,他才安安心心的坐下来。一坐就是一周，他突然惊奇地发现，在数学方面，自己竟有着极高的天赋，这一坐，就不可收拾，在39岁那年，他因在数学方面的卓越成就——开辟了控制论，而以全票当选为美国科学院院士。

还有鲁迅，本来是去日本学习医学的，但是最后却成为了一代文化巨匠。

主动利用

IBM 有今天的辉煌在很大程度上是主动利用意外成功的结果。20世纪 40 年代，IBM 生产了最早的计算机，在当时主要是用于科学研究。

不久后，IBM 和它的对手尤尼瓦克（Univac）公司都接到了很多企业的采购计划。但让人大跌眼镜的是，许多企业购买计算机，仅仅只是为了用于普通的事务上，如进行薪资计算。尤尼瓦克公司很快做出答复，拒绝供应，理由是这样是侮辱伟大的科技奇迹。但 IBM 没有这样做，通过冷静分析，他们做出了一个果断的决定，那就是牺牲自己的设计而去采用对手尼瓦克公司的设计，因为它更适合记账，四年后，IBM 就获得了计算机市场的领先位置。

东京大学心理学专家小本三郎教授指出："在实际生活中，人们所设想的往往同所发生的情况是不一致的，只有不失时机、主动地捕捉和驾驭这些意外，才能减少成功的阻力。"

妥善配置

美国有家大学曾经为了退伍军人，开设过成人教育课程，没想到意外取得了成功，校方决定扩大成果，为了节省开支，低薪聘用了一些正在读书的助教来讲这个课程，结果几年内就摧毁了这个课程，而且也影响了学校的名誉。

牛津大学教授普鲁万建议："对于意外，企业或管理者要给予相匹配的关注和支持，这样才能真正将意外演变为生产力。"

意外的成功是一个机遇，但这样的机遇并不是垂手可得的，首先你应该有发现意外、重视意外的能力，其次你应该坚持不懈地利用意外所带来的机遇，并采取适当的措施，不松手，不放弃，这样便能轻而易举地获得它并受益非凡。

告诉自己：我行

■ 方益松，笔名方董，江苏省南京市人。中国文字著作权协会会员、江苏省作家协会会员、多家杂志签约作家，《特别关注》杂志社联谊会首批进驻作家、国内励志随笔期刊知名作家。文章多次入选中考试题。

一个小男孩，从小就长相丑陋，脸上坑坑洼洼，并且声音嘶哑，讲话结结巴巴，反应也总是比别人慢上半拍。为此，他常常遭到小伙伴们的讥讽和嘲笑。

他出生在一个贫穷的家庭，父亲是个鞋匠，一日三餐，只能勉强充饥。他九岁丧母，仅受过 18 个月的非正规教育。相对于同龄的小朋友，他很不幸。但幸运的是，继母却对他视如己出。有时，即使是一道简单的验算题，他也要做上半小时；一件再容易不过的小事，总是被他搞得一团糟。继母从没有责备过他，相反，却鼓励他：任何时候，不要在乎别人怎么看你，你只要对自己说，我行。

长大后，为了谋生，他当过俄亥俄河上的摆渡工、种植园的工人、石匠、店员和木工，曾 11 次遭到雇主辞退。

1831 年，他自己开始创业，但由于资金不足，无法运转，公司仅惨淡经营了两年，就宣告失败。

1833 年，他再次向朋友借钱经商，但不到年底就破产了。接下来，他花了整整 16 年时间，才把欠下的债务还清。

1836 年，他通过努力，成为了一名律师。在这期间，他更加深入了解到美国底层社会民众的悲惨生活，他意识到，要想拯救民众于水深火热中，必须通过政治手段来解决。从此，他决定涉足政界。在接下来近 20 年的时间，他曾屡次当选州议员、国会议员，但最终八次竞选，八次落败。

1856 年，在共和党的全国代表大会上争取副总统的提名，他的得票还不足 100 张，再一次惨遭挫败。

即便如此，他从也没有退缩，他牢牢记住了继母的话：在任何恶劣的环境下，都告诉自己，我行！

在一次总统竞选中，有记者问了这样一个近乎刁钻的问题：假如，现在由你们两个人自己来投票决定总统的人选，你会把这关键的一票投给谁？竞争对手耸了耸肩，很平静地回答：我拒绝回答这个问题，谁能当选总统，这应该由伟大的民众来决定。而他却勇敢地向前迈进了一大步，大声说，我会把这一票投给自己，因为只有我，才最适合做你们的领导人。全场，顿时响起了一阵雷鸣般的掌声。

是的，他就是亚伯拉罕·林肯，美国第 16 任总统。30 年前，他是一个任何人都瞧不起的穷小子，30 年后，他成了美国历史上最伟大的总统！

即使成为总统，林肯的长相也常被政客攻击，认为他其貌不扬，有伤国体。在其逝世后，科学家对其两个脸部的石膏像进行镭射扫描，证实了其有半边小脸症的病状。而据林肯的警卫回忆：当林肯左眼向上瞟的时候，右眼竟完全不动。种种迹象，充分表明，林肯患有天花和小儿麻痹症。但，就是这样一个近乎先天残疾的人，却领导了拯救联邦和结束奴隶制度的伟大斗争，使美国人民从此摆脱奴役，走向了自由。

托尔斯泰说过，你自己愿意躺下，没有任何人能够扶你起来。很多时候，成功的定义就是这么简单。不管别人如何轻视和敌对你，只要你勇于对自己说：我行！相信自己，并且敢做敢闯，这世界上就没有做不成的事情。

总有一些伤口成就伟大

■ 古保祥，作品常见于《青年文摘》《格言》等。至今已发表文章300余万字，十余篇文章选入各地中高考试题。出版有《为自己画个月亮》《杯记得茶的香味》等。

　　法国北方城市勒阿弗尔，一个落魄的游泳教练为了谋生，在家里开了一家小型的游泳馆接收学生。他写了招生简章，张贴在家门口，许多路过的人好奇地对他评头论足，均是摇摇头叹息而归。

　　在他的家乡，许多人都知道他的底细，他只是一个游泳爱好者，曾经梦想着进入法国国家游泳队，可是一场考试下来，他却败北。对于这样的落第秀才，大家除了可怜以外再无更好的修饰词语，即使穷人家也不愿意将自己的孩子送到一个不成功的人手中。

　　三天过去了，教练毫无收获，他修改了自己的招生简章，在最下方写下了这样一句耐人寻味的话：总有一些伤口成就伟大。

　　许多人闻讯而来，除了伸伸舌头、吐吐口水外，仍然没有人报名。

一个年仅 14 岁的小姑娘放学归来，站在他的家门口品味着这句话的内涵，在接下来的几天里，小姑娘背着父母，毅然参加了落第秀才的游泳班，在她的影响下，班里的许多同学们应约而至。

一年后，在全法游泳锦标赛上，一个叫拉加德的 15 岁小姑娘一举获得了铜牌，而她正是师从于这个没有成功的游泳教练，消息传来，全市皆惊。

3 年之后，这个叫拉德的年轻女孩来找游泳教练，她向他深施一礼后说道："老师，我要去美国寻找属于自己的梦想，再见。"临别时，女孩的手里面紧握着的仍然是那句意味深长的话，她一直将这句话当作自己人生的座右铭。

时间如流水一样毫不留情地从前方滚淌，一转眼就是 40 年的时间。当年那个天真可爱的小女孩拉加德涉入了法国政坛，2008 年，她成为法国萨科齐政府的财政部长，2011 年 6 月底，她成功地当选为国际货币基金组织新总裁。

所有的磨难和伤口均是一个有意义的投资项目，虽然许多情况下，经历了诸多的痛楚却得不到想要的梦想和成功，但你要相信：总有一些伤口能够成就伟大，让你与众不同地登上成功的巅峰。

做别人不喜欢做的事

■ 徐立新，教育部"十一五"规划课题组专家，作品常见于《特别关注》等。迄今已发表各类作品近 100 万字，部分改编为电视散文在中央电视台 10 套"子午书简"栏目播出。出版有《大爱故事》等。

　　杰克·波克森原本是英国的一名普通上班族，平日里他特喜欢到宜家去购买家具。但让他感到烦恼的是，由于宜家不出售组装好的家具，只出售家具的平板和各个构件。为此，每次波克森都要对着说明书辛苦安装，常常因为安错了一个挡板、螺丝或安反了一个道槽而前功尽弃，不得不全部拆掉重头再来。而且越是复杂的，平板和构件越多的家具，出现这种情况的概率就越高，越让他头痛不已。

　　为此，波克森曾多次向宜家公司提出抗议和建议，希望对方能派出专门的组装工人上门来帮助自己，自己愿意为此埋单。但是宜家公司总是置之不理，并声称这正是他们与其他家具供应商的最大不同，"让顾客体验到亲手组装的快乐"。

　　组装的过程中真的会感觉到快乐吗？波克森不太相信自己只是一个个案，于是决定做做调查，弄清真相。通过询问和调查其他经常光顾和购买宜家产品的顾客，波克森发现，有近 60% 的人，跟他有同样的感受，觉得自己组装家具"事情虽很小，难度也不太大，却很烦人，很占用时间，有时安错了会很恼火"。也想有专人帮他们安装家具。

这样的结果让波克森很是兴奋，"如果成立一家公司，专门上门帮和跟自己有一样烦恼的顾客安装，从中收取一定的安装费用，结果会怎样？"

一个大胆的设想很快被波克森变成了事实，2003 年，波克森雇用了一名木匠，来帮人安装一些来自宜家公司的平板家具和构件。并将公司取名为"省心的螺丝刀"——只要你一个电话，我们便会在最短的时间内帮你组装好家具、书架、板凳，装上合适的卷帘、壁画……

结果，公司的业务出奇好，电话一个接着一个，一个木匠根本忙不过来。波克森不得不接二连三地开始雇佣更多的木匠，为了节省开支，这些人大都是已经退休或者兼职的，但都有一个共同点，业务相当熟练。

现在波克森的"省心的螺丝刀"的业务已经遍及全英国，他还为宜家、栖息地、里维斯等多家家具供应商卖出的家具建立了一个产品数据库。任何一个顾客打来电话，只要报出需要组装家具的品牌以及型号，公司便能通过电脑查询系统，立即报出组装的价格，以及公司何时派人上门安装等准确的反馈信息。

"在英国这个富裕的社会里，并没有足够的业余和娴熟的组装者，人们愿意为服务付出必要的费用，即便经济不景气，但是如果他们不知道如何将螺丝安装到哪个道槽上，从而在家人面前屡屡出错，他们仍愿意为此而付款。"如今已经赚得盘满钵满的波克森如此自信地表示。

如果你发现别人不喜欢做的事情，那么便等于发现了一个商机。接下来，若你再愿意帮他们完成这些"不喜欢做的事情"，那么便等于是在大把大把地掘金，因为提供别人想不到的服务才是最好服务。

不要等别人推你出去

■ 姜钦峰，作品常见于《青年文摘》《意林》等，作品收入百余种丛书或中学生课外读本，十几篇被编入中学语文试卷，并有作品被拍成电视散文在央视"子午书简"播出。出版有散文集《像烟花那样绽放》等。

听侯勇讲从艺经历，就像是一个老套的故事。有一年，江苏省戏剧学校去连云港招生，侯勇陪着好友去参加选拔考试。为了给朋友打探虚实，他先报了名，没想到一发不可收拾，朋友落榜，他考上了。

接到录取通知书，他并不打算去报到。原因很简单，他当时在肉联厂工作，二十刚出头就干到了车间副主任的位置，工作稳定收入丰厚，每月能赚好几百元钱，在 20 世纪 80 年代中期，这是人人羡慕的铁饭碗。如果去读书，就意味着要放弃现在的工作，一切都要从头再来，前途未卜，他下不了决心。没想到，随后发生的一个小小的意外，立即让他改变了想法。

有一天上夜班，凌晨两点的班，侯勇上半夜跟朋友们玩得起劲，没顾上休息，刚上班眼皮就撑不住了，于是悄悄溜到休息室去睡觉。他的运气有点差，刚睡没多久，就被副厂长逮了个正着。上班时间竟然偷懒睡觉，这还得了，领导当然要管，狠狠地训了他一顿。侯勇有错在先，副厂长批评他几句，语气重了点也正常，可他那时年轻气盛，也不懂事，心里很不服气，竟当面跟领导顶了起来。副厂长更加暴跳如雷，指着他的鼻子大吼道："你要是不想干了，马上滚蛋！"

这话要是对别人说，也就是一句气话，没人会当真。哪知侯勇等的就是这句话，"滚就滚！此处不留爷，自有留爷处。"副厂长并不知道，侯勇跟他顶嘴的时候，口袋里正揣着一张录取通知书，本来一直犹豫不决，现在被他这么一激，顿时斗志昂扬，当机立断。正是从那一刻起，侯勇才真正下定决心，离开肉联厂，去戏校读书。

侯勇从学校毕业后，在话剧团跑了几年龙套，后来渐入佳境，直至当上影帝。似乎有点不可思议，他人生中最重要的一次选择，居然是在阴差阳错中决定的！世事难料，现在回头再看，既有些滑稽，又充满了幸运。

谈起往事，侯勇对那位副厂长充满了感激，如果不是他当年无意中推了自己一把，恐怕前途难料。不妨想象一下，假如当年他上班不开小差，又或者领导脾气很好，不叫他"滚"，结果会如何呢？原来那家肉联厂早已倒闭，那么他要么下岗，要么还在大街上卖猪肉。

类似的经历，我们也会遇到，但不是每个人都有侯勇那么幸运。有时，我们想做一件事，明明知道是正确的，事到临头，往往又患得患失，下不了决心。就像跳伞，谁都知道早晚要跳下去，然而每个人第一次跳伞，几乎都是被教练推下去的。可是生活中没有教练，没有人会从背后推你一把，你只能靠自己，勇敢地跳出去。

因为你知道，脚下不是深渊，而是广阔的蓝天。

努力去做不擅长的事

■ 鲁先圣，作品常见于《青年文摘》《思维与智慧》等，教育部"十一五"课题文学专家，山东省作家协会会员。出版有《原上树》《点亮青少年心灵的人生感悟》等。

老师和父母以及那些成功者经常这样告诉我们：做自己喜欢的事情，做自己擅长的工作，在自己感兴趣的道路上发展。甚至有一句这样的话，几乎是我们共同信奉的箴言：一个人如果一生中都在自己擅长的领域做着自己喜欢的事情，这个人必定有大成就。

对于这句话，我也一直是信奉不疑的。因为，就我自己的发展道路而言，我就是这句话的实践者和受益者。几十年来我一直从事着自己喜欢的文学事业，而且这是我大学的专业，是我自幼的梦想，也是我一直感兴趣的职业，而且我也做的很成功。

但是，当我最近在研究比尔·盖茨的成功经历时，我发现，这位微软公司创始人之一，曾多次获得世界首富宝座的财富巨人，他的成功经验，却完全颠覆了这个理论。

具有世界影响的美国《财富》杂志，曾经对盖茨和他的父亲老盖茨做过一个专访，揭秘老盖茨是如何养育儿子的，他在儿子成长过程中提出了哪些建议。

父子俩就家庭关系、成长历程等揭密了很多人所不知道的秘密。盖茨眼中的父亲很伟大，老盖茨眼中的儿子很优秀。盖茨是微软公司的创始人之一，他从哈佛大学退学创业的事情一直被人津津乐道。1995年到2007年的《福布斯》全球亿万富翁排行榜中，盖茨连续13年蝉联世界首富；2008年排名世界第三；2009年又一次成为世界首富。2008年6月，盖茨宣布退出微软日常事务管理，并把580亿美元个人财产全部捐赠给他跟妻子梅琳达共同创办的慈善组织"比尔和梅琳达·盖茨基金会"。现年83岁的老盖茨原是美国西雅图著名的律师，曾为解决微软各类官司等困境立下汗马功劳。

由于父亲工作繁忙，盖茨小时候主要由母亲玛丽负责养育。小盖茨在多数情况下都谨遵母命。老盖茨说，盖茨成为"爱争论的小男孩"大约是从11岁开始的，而且越来越让家里人头痛。从那时起，盖茨便不断冲撞母亲。玛丽对儿子的一切期待——保持房间干净、按时吃饭、不要咬铅笔——忽然成为双方摩擦的起源。

盖茨12岁那年，他跟母亲的大战达到顶峰。有一次，在餐桌上，盖茨冲着母亲大吵大嚷，盖茨现在将那次事件描述为"极其不敬，带有狂妄自大的孩子般的粗鲁"。

他和妻子带盖茨去看了心理医生。盖茨回忆说，他当时跟心理医生说"想与控制他的父母爆发战争"。心理医生当时告诉老盖茨夫妇，他们的儿子最终将赢得"独立战争"的胜利，他们最好减少对他生活的干涉。

老盖茨和玛丽最终掀开了抚养孩子的重要一页：选择放手，让孩子去他不熟悉的行业里接受锻炼。他们把儿子送到认为会给予孩子更大自由的学校——私立湖滨中学，这所学校现在因是"盖茨首次接触到计算机的地方"而闻名。他们鼓励孩子去做自己不擅长的事情：外出参加很多体育活动，比如游泳、橄榄球和足球，而这些项目恰恰是孩子最讨厌的弱项。

　　盖茨说，那时，他以为这些是毫无意义的事情，但后来这种锻炼给了自己许多展现领导才能的机会，并且让他懂得很多事情他并不擅长，而不是自己擅长什么就只做什么。父母当时这样敦促自己，因为他们知道，当面对这些事情的时候，自己经常退缩。他从那时开始意识到，他没有必要证明自己在父母面前的地位，而是要向世界证明自己。

　　显然，正是这种对自己不擅长事情的刻意锻炼，让盖茨具有了那种敢于挑战，勇于探索，迎难而上的品质，使他在未来充满挑战的计算机领域大显身手。

正视自己的痛

■ 刘述涛，中国作家协会会员、中国著作权协会会员。作品被全国大小报刊及海外媒体刊用、转载。出版有《我们战胜了人生》《抖出鞋里的沙》《第一桶金》《亮出你的红衬衫》等。

　　走进中戏的考场，他的心里依然被那个问题困扰着，说！还是不说？如果把这件事情说出来，会不会像考北电那样，虽然自己一路过关斩将，可到了最后却是名落孙山。

　　这件事情困扰了他足足三年，每每一想起，他心中的痛就在全身蔓延开去，就像一颗石子击中了自己的心，荡起一圈圈痛苦的涟漪。

　　那年他十八岁，考上了无数渴望成星的少男少女梦寐以求的学校——上海戏剧学院，他走路都是昂首阔步，看人的眼神更是带着得意与骄傲。所以当听见别人说他一看就是个不知天高地厚的青瓜蛋子的时候，他的拳头挥了出去。

　　打架的结果，换来了一纸上戏开除他的决议。当他的父亲听到这个消息的时候，什么行李都没带就从他的老家沈阳飞往上海，一见他就拉着他的手说："走，我们找找老师去，请他们再给你一次悔改的机会。"

父亲带着他，找授课老师、系主任、校领导，一级一级往上找，一次又一次放下做父亲的尊严去祈求那些老师给他一个悔过自新的机会。可惜一扇一扇的门敲开又关上，没有一扇门是最后给他希望的开着。

尽管父亲的努力没有改变他被开除的结果，但通过这段日子的奔走，他忽然之间成熟了，他懂得，有些事情做了就永远无法挽回，现在要做的就是重新站起来，重新给自己机会。

回到了沈阳，他听从了父亲的按排，决定到外国去学习，可就在拿到签证的那一天，他忽然又想起自己儿时的梦想，想起了在上戏读书时站在舞台上那神采飞扬的样子，他发现离开上戏这两年，自己一直放不下做演员的梦想，他对父亲说："再给我一次机会，如果没有考上，我就头也不回地出国学习。"父亲点头答应了。

于是，他先报考了北京电影学院，在考试的时候，他没有隐瞒，说到了自己被上戏开除的事情，可是最后北电却因为这件事而放弃了他。

现在又站在中戏的考场上，他到底要不要说这件事呢？

看着考场上的几位评委老师，他脱口而出的第一句话竟然是："我曾经是个被上戏开除的学生，现在我悔过了，我也懂得了如何去珍惜自己的生活，只是我不知道中戏会不会给我一次机会，让我一切从新开始？"

于是 20 岁那年，他又以专业第一名的成绩考入了中央戏剧学院。

写到这里，大家一定都知道他是谁了，他就是《士兵突击》里成才的扮演者陈思成。当《士兵突击》的导演康洪雷选演员的时候，无意间知道陈思成的这段经历之后，马上就决定让陈思成来演成才，因为成才和陈思成一样，都是一位经历过挫折之后，正视自己痛的人！

敬畏生命的依米花

■ 马国福，中国作协会员，作品常见于《读者》等，教育部"十一五"课题文学专家，中华版权保护中心签约作家，龙源期刊网专栏作家。出版有《赢自己一把》《给心灵取暖》等。

非洲的戈壁滩上有一种叫依米的小花。那里干旱炎热的气候和土壤只适合生长根系较庞大的植物，而依米花却除外，它只有一条细长的根茎。在那样的热带气候中，又在茫茫戈壁滩上，它得用五年才能完成根部对泥土的植入，到了第六年它才吐蕊。让人惊叹敬重的是，依米花非常奇特，每朵花有四个花瓣，一个花瓣一种颜色，红、黄、蓝、白，煞是娇艳绚丽。更让人惊叹的是这种经过漫长的积蓄、扎根才开出的四色小花，花期只有两天，两天过后依米花连花带茎一起枯萎死亡。它照样是无怨无悔，全情投入的。

这种花在当地象征着一生一次的美丽和一生一次的辉煌。

五年扎根、六年吐蕊、两天花期。一生都在恶劣自然环境下倔强生长的依米花仅仅是为了两天短暂的花期。它的美丽让我们无法想象这需要怎样的顽强和耐力。

茫茫万里戈壁与一朵娇小花朵形成鲜明对比。这样的生命悠远、倔强、卑微、渺小、灿烂却挺拔在我们心里。泰戈尔说过"生如夏花之灿烂，死如秋叶之静美"，六年的风霜雪雨只为两天的尽情绽放。这是生命的一种极致，把生命波澜壮阔的一面浓缩成悄无声息的短暂美丽。

试想茫茫天地间，风沙可以随时肆虐它，动物可以随时吞噬它，虫子可以随时咬蛀它，依米花在恶劣的环境下是脆弱的，然而它还是挺住了。我想，它细小的茎脉里肯定有火一样的信念在支撑着它：开花，开花，热烈而又坦然地开花！它薄薄有限的花瓣绽放着生命最亮丽的光彩。天地不会动容，而我读到这样的故事心却无法平静。我们可以藐视一粒种子的沉默和卑微，但不能藐视它一生一次的开花和美丽。

小小的依米花是插在非洲戈壁上的一杆杆猎猎旗帜，是流动在非洲戈壁上的点点彩云，是燃烧在我们视野里的盏盏火把。执着而又热烈，平凡而又绚丽。

每个人来到这个世界上最初都是一样的，只是更多的人后来终生像荒原上的野草一样，一样的颜色，一样的姿态，一样的高度，自己把自己抛向庸庸碌碌的一面，绿上一段时间，然后枯去。有的人却像依米花一样，尽管卑微但在命运无常的风云里，做着不懈的抗争，然后开出自己的花朵。

敬畏生命的依米花，敬畏一种至高的心灵海拔。

只放一只羊

■ 查一路，某高校副教授，作品常见于《读者》等，搜狐网"中国时事评论员"，千龙网"特约撰稿人"。文章被大量报刊转载并收入各种选本。散文多次在中央电视台"子午书简"栏目中播出。出版有《冬日暖阳》等。

世界零售业航母——"阿尔迪"，目前身价已到达 400 亿欧元，成为世界上最大的批发商，每年购入的单件商品的总价值超过 3000 万欧元，名噪一时的沃尔玛只及它的二十分之一。这多少有点出乎人们的意料。

阿尔迪从一个三流小店发展成为世界上最成功的零售商，并以其同行无可比拟的业绩，成为业界的奇迹，有人说："阿尔迪是西方世界经营哲学的标志性成功。"显然，后来居上的阿尔迪以其巨大的成功屏蔽了对手沃尔玛昔日的辉煌。

无数的人想知道"阿尔迪"成功的秘诀。人们猜想阿尔迪一定会把它的营销方案隐藏起来，作为商业机密的一部分。不料，阿尔迪恰恰公布了它的所有资料，以供人们研究。

至今，对于沃尔玛的成功，我还清晰地记得它的某个细节。它对员工的管理，有一套科学的、细化的系统。比如，它要求店员对顾客微笑，不但微笑，而且要求微笑要露出八颗牙。沃尔玛的管理以专业性强、精密细致著称于世。

而阿尔迪恰恰相反，阿尔迪公开了所有的营销方案，人们反复研究，却无法模仿，阿尔迪成功的秘诀只有两个字——简单。最简单也就意味着最难模仿。当世界被一些人弄得越来越复杂的时候，"简单"——恰恰成了阿尔迪用来战胜"复杂"的法宝。

弗兰茨·卡夫卡说："不要把时间浪费在隐藏着的奥秘上，或许原来本没有什么奥秘。"阿尔迪的奥秘，可能就是这世间最显露、最简单的奥秘。阿尔迪的管理，形象地说来就是，如果你的能力和经验只能放一只羊，你就不必去放一群羊。

这个道理很浅显，世间明白这个道理的人数不胜数，可是能做到这一点的人却寥寥无几。通常人们普遍的心态是，既然放了一只，何不再去放一只，何不扩大到一群？

"只放一只羊"——需要人们客观地面对自己的能力和经验，克服内心的贪欲。无论是在商界还是在其他领域，"放一群羊"式的扩张心态，成为导致许多人失败的心理毒瘤。多少曾经的风云人物，也正是栽在了追逐"放一群羊"的荒原上。

人生最重要的盘算往往在于，要明白自己——能放几只羊，而目前又放了几只羊。

走投无路时，向上走

■ 吕保军，河北省作协会员，中国音著协会会员，作品常见于《格言》等。出版有《鲜花掌声与闻鸡起舞》《吹着口哨起床》等。

　　小文医学院毕业后，开始为找工作犯愁。他将一份份精心制作的简历递出去，却都石沉大海。他又参加了专门针对医学毕业生的专场招聘会，本以为不会像综合招聘会那样有很多人，没想到在招聘现场，他发现自己变成了人海中的"一滴水"。看到竞争如此残酷，他逐渐放低了就业目标，决定哪怕县医院也可以先考虑。然而只招两名毕业生的某县医院，已有不少研究生在排队等待面试。小文又想回老家工作，但老家的乡镇医院也不好进，虽然动用了亲戚朋友的力量，至今仍无结果。为此他非常苦恼，找到我诉苦，哥，我真的是走投无路了。

　　我知道仅仅安慰他是没有用的。思忖片刻之后，我说，给你讲个故事吧。

　　有个女演员，从上海戏剧院毕业后，也面临着找工作的压力。由于没有世家背景，没有熟人举荐，

　　结果四处碰壁，没有任何单位肯接收她。这天，当教师的父亲陪着她在北京的街头转悠，又应聘了几家艺术单位，均遭拒绝。一种悲凉的情绪同时萦绕在父女俩的心头，他们真的感觉到什么叫走投无路了。

　　这时候，父女俩恰好转悠到了"北京人艺"的大门口。她一眼望见"北京人艺"的招牌，就想，这里我还没试过，何不进去试试看呢？稍微有点顾虑的人都会想，北京人艺是什么地方呀！那可是国家级的艺术殿堂，几十年来凭其严谨精湛的舞台艺术和情醇意浓的演出风格，在中国话剧史上创造了许许多多的辉煌，堪称"中国话剧的典范"，在国内外享有盛誉。你不想想，一个连二三流艺术院校都不录用的人，也敢幻想踏进北京人艺的门槛吗？但她偏没有顾忌到这些，径直大大咧咧地闯进了人艺的院长办公室，先将自己的简历和学校老师的评语交到院长手上，然后就滔滔不绝地向院长介绍自己。这种初生牛犊不怕虎的愣劲儿，使院长一下就对她刮目相看了。两天后，他们为她安排了由几位人艺领导及著名艺术家任考官的面试。起初无论她唱歌或是跳舞，各位评委老师都热烈鼓掌，以示嘉许。但在最后一关，在5分钟内现场表演一个小品，她觉得自己没有发挥好，起码不如自己想象中的好。表演完了，评委老师让她回去等通知。她暗想，完了，这回肯定又没戏了。就沮丧地说，老师，我就不请你们吃饭了，因为要请也只请得起面条。评委老师们说，不用不用，你走吧。

　　回到租住的小旅馆里，看到父亲满怀渴望的眼神，她像虚脱了似的摇着头说，不行，可能还是不行。父亲当时没说什么，却看得出他眼底的失望，父女俩连吃饭的心情都没有了。哪知下午五点，她突然接到了一个电话，是北京人艺的老师打来的："来吧，你被录取了。"父女二人当时竟不敢相信这是真的，激动得一齐落了泪。她，就是凭借电视连续剧《当家的女人》中的出色表演，荣获第24届全国电视剧"飞天奖"的王茜华！当初，曾为找一份工作四处碰壁的她，最后竟误打误撞地进了北京人艺！

　　我问小文，你说，她为什么能应聘成功呢？小文若有所悟地说，她是个有胆量有气魄的人，敢于独闯人艺推销自己，所以才在艺术的最高殿堂赢得了一席之地。我赞许地点点头：她先前积累的多次应聘经验，在北京人艺这一关全部用上了，所以她当时的表现是最好的状态。另外，当别人走投无路时，是越来越向下走；而她却选择了向上，结果她成功了！

　　小文激动得一把握住了我的手，哥，我知道该怎么做了。谢谢你！

　　果然不久，就传来了好消息：小文有幸被省会一家最知名的医院录取了！在他发来的感谢短信里，有这样一句话：当你走投无路的时候，千万别气馁，因为你还有一条出路：向上走！

Chapter02 /
/给思维一对翅膀

即使你生来就没有翅膀，但你依然可以自由地飞翔，因为你心中永不跌落的梦想，会为你生出自由翱翔的双翅，会给你传递无穷的力量，会帮你创造无法想象的奇迹。

换一种思维

■ 方益松，笔名方董，江苏省南京市人。中国文字著作权协会会员、江苏省作家协会会员、多家杂志签约作家，《特别关注》杂志社联谊会首批进驻作家、国内励志随笔期刊知名作家。文章多次入选中考试题。

北美洲有一个久负盛名的金矿，每年都吸引着全世界数以万计的淘金者。由于大量的采挖，黄金储量逐年减少，而且要抵达金矿，必须渡过一条水流湍急的大河。但即便如此，在黄金那灿烂光辉的诱惑下，每天仍会有数千人在水面上挣扎沉浮。

一个淘金者，在经历了无数次的空囊而归后，有一日突发奇想："既然有这么多淘金者急于过河，我何不搞个轮渡，接送他们？"于是，他很快购买了一艘轮渡，专门用来接送每天数以千计的乘客，并在轮渡上做起了外卖，使淘金者远离了河水的威胁，也不用再去啃冰冷的干粮。在淘金者的眼中，他们所看到的只有眼前的金矿，而不会计较区区的几个美金，他的生意很快红火起来，成了当地最有名的富翁之一。

曾经读过这样一个故事，一个大学讲师在课堂上做了这样一个实验：用两个敞口的玻璃瓶子，分别装了一些苍蝇和蜜蜂。让瓶底向着光源。在经历了一段时间的横冲直撞后，苍蝇全部飞出了玻璃瓶。只有蜜蜂仍在孜孜不倦地向着有光源的瓶底不停地冲撞，一只也没有飞出，直至精疲力竭。这些号称勤劳、勇敢的小虫子，就是这样在延续着自己的思维，不断往前，永远向着所谓的光明，从不敢越雷池半步，所以永远飞不出只有不到十厘米之隔的逆光的瓶口。

换一种思维，小草的叶边虽然划破了鲁班的手指，但他看到的却不仅仅是常人眼中的鲜血，并由此发明了锯子；换一种思维，一个苹果砸到牛顿的头上，他感觉到的不仅仅是疼痛，而是从下落的苹果中总结出"万有引力定律"；换一种思维，伽利略能让两个质量不等的铜球从比萨斜塔上同时落地；换一种思维，能从严冬读出暖意，能从淫雨霏霏中看到晴空朗日；换一种思维，即使身处沙漠，心目中依然充满绿洲。

很多时候，怀疑自己，不要更多地相信自己。你之所以陷入了困境，就是因为你没有换一种思维去品读生活与发现自我。永远不要像蜜蜂那样，只知道追逐光源，有时候跳出常规，才是进取。

人作为这个世界上最高级的动物，极富有想象力和创造力。在成功者的眼里，逆境正是一种潜在的机遇，只不过更多的人没有很好地去发现。很多时候，一种叫作进取的东西，蒙蔽和麻醉了人们的视线。人们选择了坚强与应对，而忽略了退让与选择，一味地钻进一条思想的死胡同。迷途而不知返，这是人的执着，同样也是人的悲哀。

走出自己的习惯。换一种思维，你会有更多的崭新的认知；换一种视角，你同样会有更多惊喜的发现。因为，上帝在为你关上一扇门的时候，同时也为你打开了好多扇窗。

何不多放几个钩子

■ 刘述涛，中国作家协会会员、中国著作权协会会员。作品被全国大小报刊及海外媒体刊用、转载。出版有《我们战胜了人生》《抖出鞋里的沙》《第一桶金》《亮出你的红衬衫》等。

迈克尔·戴尔十二岁的时候，父亲带着他和哥哥去钓鱼，看着父亲和哥哥一人一根钓竿站着钓，迈克尔·戴尔却突发奇想，他认为一根钓竿一个鱼钩地钓，只能每次钓上一条鱼，这样太耽搁时间了，如果把鱼线织成网状，在每个交结的地方挂上一个鱼钩，放上鱼饵，这样也许一下子就能够钓上很多鱼。

说干就干，戴尔开始编织自己想象中的渔网，可是父亲却不止一次放下手中的鱼竿，跑到他的身边对他说："戴尔，别这么浪费时间了，没有人像你这样钓鱼，这样不可能钓得到鱼。"可是戴尔却不理会父亲的劝告，还是低着头弄自己的渔网和鱼钩。

快吃中饭的时候，所有的人都满载而归，唯有戴尔才刚刚把渔网固定到水里。

　　吃中饭的时候，戴尔的父亲和哥哥都打趣地问戴尔："戴尔，要不要把家里的货车开来，我估计你钓上来的鱼太多了，我们几个弄不回去的。"戴尔却不理会父亲和哥哥们的打趣，仍然倔强地说："多放一个钓子就能够多钓上一条鱼，我怎么能够不多放一个钓子呢？"吃完中饭，休息一个多小时后，戴尔把渔网拉上来，竟然真的比自己的父亲和哥哥钓的鱼还多。

　　后来戴尔经常对别人说的一句话就是："多放个钩子，就多钓一条鱼，我怎么能不多放个钩子呢？"

　　这句话也被戴尔充分地应用到自己的生意当中，那个时候戴尔才刚刚 18 岁，他就对父母说，他要和 IBM 竞争，戴尔的父母认为他是头脑发热，根本没有能力和当时世界上有了名气的电脑巨头竞争，可是戴尔却信誓旦旦地对父母说，如果他没有成功，他就听从父母的意见，在大学里好好地读书，如果他生意成功了，他就从大学休学开始自己的事业。

　　父母没有办法，答应了戴尔的请求，于是戴尔注册了与自己同名的"戴尔"电脑公司，并且开始向用户经营销售 IBM 公司的个人电脑业务。

　　第一个月戴尔的电脑销售额就达 180000 美元，第二个月更是上升到 265000 美元，所以戴尔不用去留意新学年有没有开始，因为这个时候他的事业蒸蒸日上，每个月就要售出 1000 台个人电脑，这连他的父母都不敢相信这一切都是真的。

　　戴尔的父亲有一天实在是忍不住心中的疑问，就问戴尔："孩子，告诉我，你这一切是怎么做到的。"戴尔说："没什么，爸爸，我只是多问那些上门来购买电脑的人，'你是想买一台普通的台式电脑吗？你能肯定你不玩游戏，不用文字处理，不上网，如果上网的话，你是不是需要路由器，或者是无线网卡，需不需要 CD 刻录呢，如果显示屏脏了的话，你需不需要现在买清洗液呢……'就这些。"

　　戴尔的爸爸终于明白了，戴尔在卖电脑的时候，也像他当年钓鱼的时候，多放了几个钩子。

今天，戴尔不但实现了他当年打败 IBM 的梦想，还成为了世界上真正的电脑业的巨子，但在总结自己成功经验的时候，戴尔说得最多的还是那一句话："多放一个钩子，就能够多钓上一条鱼，我何必不多放一钩子呢？"

不能跳舞就弹琴吧

■ 包利民，黑龙江呼兰人。作品常见于《青年文摘》《格言》等，教育部"十一五"课题组文学专家。多篇文章被选作全国高考或中考试卷作文材料或阅读材料。出版有《当空瓶子有了梦想》《激励奋进的学习故事》等。

19世纪的一个夏天，英国小城达勒姆的一个庭院中，露丝的家庭舞会正在热烈地举行着。这天是露丝28岁的生日，盛装的她在舞会中光彩照人，她的脸上洋溢着幸福的笑容，优美的舞姿赢得众人的一片赞叹。

正当人们沉浸在这温馨的氛围中时，意外却突然发生了。露丝在做一个高难度的旋转动作时，一下子摔倒在地上。舞曲戛然而止，露丝挣扎着想爬起来，却终是没有成功。在医院里，医生经过紧急会诊后，向露丝及她的亲朋宣告了这样一个不幸的消息：她患上了一种极罕见的神经系统疾病，她全身的神经将会慢慢地丧失功能，而药物只能延缓病情发展的速度。

那一刻，人们都惊呆了，包括露丝自己。她知道，自己将再也无法站起来，再也不能旋出优美的舞姿，而且，最终将会瘫痪，直到有一天心脏也停止跳动。是的，这一切真是太残酷了。她是小城舞蹈学校最出色的教师，她热爱跳舞，喜欢舞会上那种激情四射的感觉。每一年她过生日时都要举办家庭舞会，而这一次，却成了她生命中最后的表演。在人们的痛惜与祝福中，她在家里开始了漫长的休养。

有很长一段日子，露丝坐在空荡荡的院子里，看着墙角的花儿在微风中轻轻地摇动，心底一遍又一遍地回想着每一年过生日时这庭中舞会的盛况。转眼一年过去，人们以为露丝再也不会像往年般举办舞会，可是前一天他们却接到了露丝的邀请，让他们穿上最华美的衣服带着最精彩的舞姿前来。

露丝在钢琴后面笑着对大家说："虽然我不能跳舞了，可我还可以为你们弹琴，能欣赏你们的舞姿我同样开心快乐！你们尽情地跳吧，要对得起我的琴声哦！"纯净的音乐如清澈的河水从她指间流出，人们在感动中陶醉了。这是一场令人难忘的舞会，露丝纤巧的十指在黑白键盘上灵活地跳跃，就如她当年优美的舞姿。

就在这一年，露丝病情恶化，除了头部，全身都不能动了。听到这个消息，人们都很难过，知道她那美妙的琴声也已成为绝响。而露丝在30岁生日的舞会上，却第一次向人们展示了她的歌喉，正如她所说，不能弹琴就为大家唱歌吧！这一年的舞会，来的客人要比每年都多，大家都想听听她的歌声，给她最美好的祝愿。

在那次舞会的四个月后，露丝也失去了她的声音。人们都沉默了，不知道失去歌声的露丝将怎样面对生活。可是在她31岁生日的前夕，人们照常收到了她的邀请。那一天，来的人极多，院子满了，院墙外也挤满了人，都是小城善良的人们，他们来为露丝祝福。音乐依然，舞蹈依然，露丝卧在一张躺椅上，只有眼睛还能艰难地眨着，只有心还能激情地跳。人们在她的眼中看出了微笑，看出了温暖，看出了一种蕴敛的对生活的热爱！

　　露丝终没能跨过 31 岁的门槛。出殡的那天，小城里认识她和不认识她的人都来送行，陪这个美丽的女子走完最后的一段路。她的墓碑上，刻着这样一段话：

　　"不能跳舞就弹琴吧，不能弹琴就歌唱吧，不能歌唱就倾听吧，让心在热爱中欢快地跳跃，心跳停止了，就让灵魂在天地间继续舞蹈吧！"

　　据说，这是所有英国人最喜欢的墓志铭。

不要揉碎别人的那朵云

■ 朱成玉，作品常见于《读者》《特别关注》等。曾获首届"意林杯"龙源国际文学创作大赛一等奖。《读者》杂志"最受读者欢迎文章"奖。曾有多篇文章被选入中高考试卷。

昨天，收到一位大学同学发来的邮件，一直骄傲的他忽然变得有些颓丧，他说："我的云朵被揉碎了。"

他毕业后一直在远离家乡的地方生活，在当地的税务局做个小职员，娶妻生子，生活得平淡而安逸。他不喝酒、不抽烟、不赌博，唯一的业余爱好是绘画，常常背着他的画夹去野外写生，他最喜欢画的是云朵，一朵朵不同姿态的云，在他眼里，是那样美丽，令他着迷。

当他把一朵朵云转移到他的画板上的时候，他是宁静而快乐的。简单的生活，可以让灵魂自由自在地呼吸。

放长假的时候，他回到父母身边小住，那是一个更大更繁华的都市。起初团圆的喜悦和新鲜激动着他，听着事业各有所成的哥哥姐姐大讲他们的发家史，更是让他感到妙不可言。坐在一起把那点故事讲了几十遍后，哥哥姐姐们开始把话题谈回到他身上，开始品评他的性格，他的思想，他的衣装举止，他的家庭、工作……在与哥哥姐姐们的成就相比之后，他的一切统统被贴上了"失败"的标签。他说："他们用心良苦地帮我彻底了解了自己，他们解剖了我，得出了正确的'研究成果'，但是我也支离破碎了。"

读他的电子邮件，我悲从中来。朋友说他"变得不能自己思考……"他被爱他的人说糊涂了，一下子感觉现实很迷茫。

哥哥姐姐们开始为他设计未来，有的要给他投资，让他下海淘金；有的想把他从外地调回来："你不能再这样消沉下去，你要养成一些更适合与人交流的爱好，你又不想当画家，不要成天画那些呆板的云朵。"他的喜好在他们眼里变成了一无是处。他的云朵被他们的逻辑彻底揉碎了。

本来在自己的一方小天地里过得好好的，有自己安静的生活，却忽然有一天，那片安静的云朵被撕碎，生活的天空也变得混乱不堪。

曾经看过一幅关于小狗史努比的漫画：史努比在冰上溜着玩得正高兴，走来一个穿溜冰鞋的小女孩严肃地纠正它说："你连溜冰鞋都没有穿，这不是溜冰，只不过是滑行！"史努比一下茫然了，停下呆呆地来自语："我还以为我刚才玩得很高兴呢！"

史努比变得忧伤，一颗轻盈的，在冰面滑行的心，变得无比沉重。

我的朋友就像史努比一样，在一段时间里，迷茫着，不知所措。但最终，他还是拒绝了亲人们的热情帮助，因为在他看来，他心中的那些云朵比任何财富都重要。

每个人都有属于自己的一朵云，那朵云不分贵贱，不分高低，你不能轻视它，更无权嘲弄它。所以，任何时候，经过别人心灵的时候，都要小心，轻拿轻放，尽量不要揉碎别人的那朵云。

给思维一对翅膀

■ 朱砂，作品常见于《青年文摘》《读者》等，《有一种情，叫相依为命》和《打给爱情的电话》先后被评为《读者》杂志"最受读者欢迎的作品"。《5 点 45 分的爱情》获 2008 年中国晚报作品新闻副刊金奖。

　　巴察是一个普通的美国公民，有着一份稳定的工作和一个幸福的家庭。他唯一的爱好是钓鱼，无论寒暑，美国周围的那些钓鱼场所都能看到他的影子。

　　20 世纪 20 年代，每年冬天巴察都会到纽芬兰海岸去钓鱼。纽芬兰海岸隶属加拿大，以低纬度的天然钓鱼场而著称。

　　冬天的纽芬兰天寒地冻，每次巴察来钓鱼时都要和他的伙伴们费很大的劲凿开厚厚的冰层，在冰面上弄出一个个洞口，然后才能把挂着鱼饵的鱼杆伸下水面。虽然大家要忍受刺骨的冰冷，但因为每次都大有收获，所以冬天的纽芬兰海滩还是吸引了许多钓鱼爱好者。

　　因为天寒地冻，钓上来的鱼放在冰上后马上就会冰冻起来。加之每次都能钓到很多鱼，一次吃不完，于是巴察每次都会把多余的鱼带回家。

一天，当巴察拿出带回家的鱼时，惊奇地发现，如果鱼身上的冰不化掉，即使在家里摆上几天，鱼的味道也不会改变。

巴察想，既然鱼在快速冷冻后味道不会改变，那么，其他食物是否也可以依照这种方法保持原有的新鲜呢？

这一灵感让巴察兴奋不已，他立即着手按着这一思路摸索下去，进一步对肉和蔬菜进行了冰冻试验，结果发现它们也和冰冻鱼一样能够保持新鲜。后来，巴察经过深入细致的研究，发现如果食物冰冻的速度和方法不相同，那么它们冰冻后的味道和新鲜度也会有细微的差异。如果冰冻的速度太慢或是冰冻效果不好，鱼肉或是蔬菜就不再拥有原来的鲜味。经过几个月的摸索，巴察终于研究出了如何不使食物失去新鲜度的冰冻方法，这就是后来改变了数以亿计人生活的速冻保鲜法的雏形。

1923 年 8 月，巴察到专利局申请了"冷冻法"专利，然后以 3000 万美元卖给了美国通用食品公司，从而成为迄今为止世界上屈指可数的能在短短几个月内成为富豪的传奇人物。

一位哲人曾经说过："思维一旦有了翅膀，便没有什么不可能的事。"在人类的文明史上，每一个与众不同的思维方式与现实的结合都曾带来了一次科技的飞跃：瓦特从烧开的沸水中得到启迪，从而出现了人类第一台蒸汽机；莱特兄弟由鸟儿的飞行中得到灵感，发明了飞机这种既方便又快捷的交通工具；法拉弟从绕上通电导线的铁棒会有磁力这一现象上，发现了电磁感应定律……一个又一个的事例表明，人类的创造力是无穷的，给思维一对翅膀，给司空见惯的事物加上一份丰富的想象，便是一条通往成功的康庄大道。

没有翅膀也可以自由地飞翔

■ 崔修建，副教授，文学博士，作品常见于《读者》《格言》等。
现为哈尔滨师范大学中文系写作教研室主任，硕士研究生导师。
出版有《和心灵说话》《爱是天堂》等。

　　1983 年的一天，美国亚利桑那州图森市的一家医院，一个女婴呱呱坠地，令她的父母惊愕无比的是，女婴居然一出生就没有双臂，连见多识广的医生也无法解释这个奇怪的现象。

　　在父母的疼爱下，女婴一天天地长大，成为一个可爱的小女孩。

　　那天，站在阳台上的女孩，看到与自己同龄的一群孩子正张开天使般的双手，在阳光下欢快地追逐翩翩起舞的蝴蝶，女孩十分伤感地向母亲哭诉命运的不公，竟然不肯馈赠她拥抱世界的双臂。

　　母亲平静地安慰她："孩子，上帝的确有些偏心，但上帝是要送给你更多的梦想，要让你用行动去告诉人们——即使没有翅膀，也依然可以自由地飞翔，就像没有修长的十指，你同样可以弹出美妙的琴声，可以写出漂亮的文章……"

"我真的能做到那些吗？"女孩昂起头来。

"只要你肯努力，就能做得到，只要你的梦想没有折断翅膀，你就一定能飞得很高很高。"母亲温柔的目光里充满了不容置疑的坚定。

女孩相信了慈爱的母亲的话，目光一遍遍地抚摸着自己的双脚，心中暗暗地告诉自己：我有一双非凡的脚，它们不只是用来奔走的，还是用来飞翔的。

此后，在父母的指导、帮助下，女孩开始有计划地锻炼自己双脚的柔韧性、灵活度和力量。怀揣梦想的她，克服了常人难以想象的困难，经历了无数的失败，终于在人们大片的惊讶中，练出了一双异常自由灵活的脚——她不仅可以用双脚吃饭、穿衣等，轻松地实现了生活自理，还学会了用脚弹琴、写字、操作电脑……她用双脚做到了几乎是常人所能做到的一切。

女孩开始在人们面前自豪地展示自己非同寻常的"脚功"，起初遇到的那些异样的眼光里，渐渐地充满了惊讶和钦佩。在她14岁那年，女孩彻底地扔掉了那副装饰性的假肢，一脸阳光地穿着无袖的上衣，走进校园、商场、街区……仿佛自己根本就不缺少什么，除了常人那样的一双臂膀。

女孩在继续着创造奇迹的脚步，她读书刻苦，作业写得总是一丝不苟，从小学到中学，她的学习成绩始终名列前茅，老师和同学们都十分敬佩她的坚毅和自强。当她拿到亚利桑那大学心理学专业的学士学位证书时，一家人幸福地拥抱在一起。父亲自豪地鼓励她："孩子，你还可以做得更棒！"

"是的，我还可以做得更棒！"女孩自信地笑着。

为了增强腿部肌肉的力量，保持腿部的灵活性与韧性，女孩不仅坚持经常性的跑步，还成为碧波荡漾的泳池里一条自由穿梭的美人鱼，还成了跆拳道馆里小有名气的高手……一位医生指着给她拍的X光照片，惊奇地啧叹："经过锻炼，她的双脚已变得异常敏捷，她的脚趾关节已像手指关节一样灵活自如。"

女孩的梦想还在不停地放飞。她又走进了汽车驾驶学校，在教练员惊讶的关注中，她很快便掌握了驾车的各项技术，通过了近乎苛刻的各项考试，顺利地拿到了驾照，开始用双脚娴熟地驾车御风而行……

接下来，女孩要去圆自己心中埋藏已久的梦想了——她要亲自驾驶飞机，拥抱苍穹。

曾经培养出许多飞行员的著名教练帕里什·特拉威克第一次看到亲自驾车来报名的女孩，就知道她一定会飞上蓝天的，就像一只矫健的雄鹰那样，不仅因为她那娴熟的驾车技术，还因为她目光中流露出的从容、淡定与果决。

果然，女孩在学习飞机驾驶的时候，丝毫不逊色于那些身体健全的飞行员，她一只脚操纵控制板，另一只脚操纵驾驶杆，滑行、拉起、升空……她冷静、沉着，每个动作都十分准确、到位，比不少学员表现得都出色。教练帕里什·特拉威克说："事实证明，她是一个优秀的飞行员，她驾驶飞机时非常冷静和稳定。一旦你和她在一起呆上20分钟，你甚至就会忘掉她没有双臂的事实。她向人们显示，人们可以克服所有的限制，她真是太令人难以置信了。"

25岁的女孩如愿地拿到了轻型运动飞机的私人驾照，成为美国历史上第一个只用双脚驾驶飞机的合法飞行员，开创了飞行史的先例。女孩的名字叫作杰西卡·考克斯。

如今，杰西卡·考克斯已是美国家喻户晓的英雄，她靠双脚生活和奋斗的感人故事，给世人带来了巨大的心灵震撼和精神鼓舞。

在美国数百场的演讲中，杰西卡·考克斯说得最多的一句话是："你的梦想有多高，你就可能飞多高。"

没错，即使你生来就没有翅膀，但你依然可以自由地飞翔，因为你心中永不跌落的梦想，会为你生出自由翱翔的双翅，会给你传递无穷的力量，会帮你创造无法想象的奇迹。

一分钟，一辈子

■ 王国军，作品常见于《青年文摘》等，南充市作家协会会员，成都市微型作品协会成员。国内外各大报刊上刊文 130 余万字，入选中考语文试卷 3 次、各类丛书 200 余篇。

他五岁的时候，全家搬迁到香港，他在一所小学读书。可他实在太调皮了，上学第一天，就把同桌的女生辫子剪掉了。院长极为恼火，罚他打扫一周的卫生，他却利用这个时间，到后山的树上偷吃桃子。父亲不得不亲自到书院道歉，并为他支付罚款。

然而这样类似的恶作剧却比比皆是，父亲每周都要接到好几个投诉，当然也免不了来回奔波，但纵是如此，父亲每次来学校，脸上的表情总是不卑不亢，他从没因为有一个调皮的孩子而羞愧。

十三岁那年，他迷恋上了武术，他开始利用一切空闲时间来学习。十六岁时，他为了替班上的女同学讨回公道，对一帮混混大打出手，伤了两个人，他也因此被勒令退学，他决定到美国去求学。父亲指着他房间里的大沙包说："你什么时候能在一分钟内把它打破，你就能走。"他惊讶地张大眼睛。

"是的。一分钟。"父亲微笑地说，"对别人说也许要用一辈子，但你只能用一分钟。因为你与众不同。"

父亲的话他牢牢记在心里面。接下来的时间，他开始疯狂地训练，因为他知道，他的人生命运，将在一分钟内决定。

三个月后，父亲给他换了一个新沙包，并在一边按下了秒表。一拳，又一拳，他几乎使劲了全身的力气。最后一记重拳，沙子砰的一声向外倾泻。

他成功了，十八岁那年，他如愿以偿地来到了旧金山，攻读哲学心理系。

三十岁，他回到香港，虽然他卓绝的武艺赢得了很多人的一致好评，但在电影界，他还只是个新人，他所能做的唯一工作就是跑龙套。

次年三月，好友将他引荐给大导演罗维，罗维早就听说了他在美国的种种事迹，对这位才华横溢的年轻人仰慕已久，有心让他担任自己新电影的男一号。

但是罗维导演的决定，遭到了大家的一致反对，毕竟这是一部凝聚了大家数年心血的新作，却让一个名不见经传的新人担任主演，大家都接受不了。

为了说服大家，罗维只好通知他来公司。把剧本仍给他："你需要多少时间来参透剧本？"他以少有的严肃而认真的口吻说："一分钟。"他的回答令所有人感到惊讶，他接着说："这事儿是这样的，对别人来说或许需要几周的时间，但我只有一分钟的时间，我的父亲曾经就教导我，要想有出息，就必须把别人的一分钟当成自己的一辈子来慎重对待。"

接着，他拿出一个秒表，开始计时。一分钟后，他来了一段即兴表演，虽说内容有所出入，但他却把郑潮安这个人物演绎得活灵活现。

他就是李小龙，这也是他由美返港拍摄的首部影片：《唐山大兄》，影片上映两周就创下了两百万港币的票房收入，这在香港电影史上还是第一次。

　　态度认真，言谈谦虚而自信，这就是李小龙的处世哲学。平心而论，一分钟和一辈子差距何止千万倍，但只要把每一分钟都当作能改变一辈子命运来慎重对待，那还有什么事情不能完成，什么抱负不能实现的呢？

留住个性

■ 高兴宇，作品常见于《读者》等，有数千篇文章在《读者》《青年博览作品常见于《青年文摘》《格言》等》等刊物发表。出版有《好运密码》《社交物语》《不自卑的世界》《借物参禅》等书。

当某项品质和脾性达到一种较强的程度时，人们便称该品质和脾性的拥有者具有个性。个性，是对有棱有角的人的简单评价，内中褒贬俱有。

有位男孩，通常 36 小时不睡觉，然后倒头便睡上 10 来个小时，有时甚至在课堂上鼾声大作。他睡觉的习惯很独特，累了的时候，就躺在他那张乱糟糟的床上，拉过一条电热毯盖在身上。不管何时也不管环境如何喧闹，他总能马上进入甜甜的梦乡。

这位男孩在谈话、阅读或沉思时，总习惯把头置于双手之间，身体前后猛烈地摇摆。有时为了表达自己的观点，他甚至还会疯狂地挥舞手臂。

这位男孩喜欢辩论，辩论的时候语调尖锐高亢，满口俗话，态度傲慢甚至粗鲁。在他表达观点时，如果有人激怒他的话，他会暴跳如雷。但是，他的动作又隐藏着充沛的精力和高昂的情绪。

这位男孩工作后，这种个性也没改变。长不大的娃娃脸、清瘦的外形、蓬乱的头发，是这个大男孩的典型外在形象。

对这位男孩，有人目睹他的邋遢和无修养后，说他将来顶多是个仓库保管员或仆从；有人发现他旺盛而充沛的精力后大加赞叹，说他将来必定有远大前程。有人认为他无情且缺乏道德，将来会被社会抛弃；有人认为他精明干练，将来必定飞黄腾达。尽管毁誉各半，可谁也没有想到，这位外表极为普通的人，却成为令人敬畏的商业巨子，他就是比尔·盖茨。至今，盖茨仍旧喜欢舒适地坐在电脑前，一边吃比萨饼，一边喝可乐，一边彻夜不眠地编写电脑程序。不过，现在已没有人再把盖茨当成小孩子，而且时常还有人会提醒盖茨说他是世界上最富有的人。

名人似乎总有与众不同之处，盖茨之所以会成为当今世界的显赫人物，其独特的性格特征也许早已注定了他的非同寻常。

同一种个性，为什么人们评价不一呢？直到我第一次乘坐飞机后，才大彻大悟。快到飞机场的时候，在阴暗的天空下，我看到一片片荒凉的海滩、一块块长着杂草的田地，心情消极低沉。但是当飞机起飞，爬上万米高空时，心情就大不一样了，因为往下看，眼前豁然开朗，那一片片海滩、一块块田地，组成了一幅壮美的田字格图案。往上看，阴云已经荡然无存，而是诺大的澄澈的蓝色晴空。还是这方天地，为什么感觉大不一样呢？我明白，是因为自己所处的位置、层次发生了变化。

盖茨的个性是固定的，不同的人看后，评论不一，是因为他们的观点思维不在一个层面上。

个性，可以说是"笑"与"哭"的集合体。

不希望人们提倡个性、赞美个性，只希望人们留住无害的个性。留住个性，就是在高层次人士的欣赏目光下，茁壮成长；留住个性，就是要抵挡住目光短浅人士的风言冷语，挺起胸膛去走自己的路。

胆识过人地活着

■ 吕保军，河北省作协会员，中国音著协会会员，作品常见于《格言》等。出版有《鲜花掌声与闻鸡起舞》《吹着口哨起床》等。

　　一辆小货车撞到了路边的砖堆上，司机小伙被死死地卡在车内。闻讯赶来的消防队员费力地撑开了变形的铁皮，打算实施解救。没想到，小伙子竟大嚷着拒绝，屡次推开围上前去的消防队员，让解救工作一时陷入僵局。只见他艰难地取出手机，泪流满面地拨通了电话："妈妈，我出车祸了，即使活着，也是个残废，你要好好照顾自己，我不想连累全家。"原来，他看到自己的惨状，以为伤势不轻，接受治疗肯定需要巨额医疗费，还可能落下残疾。为了不连累家人，他第一个念头就是选择轻生。

　　随后赶到的 120 急救人员耐心地劝说着："你的伤势并不重，很快就会治愈的。"围观的人也七嘴八舌地劝说着，一位老人慈爱地说："小伙子，诊断还没出，你咋就给自己判死刑了呢？你这么做让父母多伤心啊！"也许是这句话触动了司机小伙的心，他终于停止了消极的举动，流着眼泪躺在了 120 的担架上。后来经诊断得知，他仅是头部轻伤，小腿受伤却并未骨折。小伙子不好意思地表示，伤好后他一定会好好活着。

当天灾人祸突然降临，我们该做出怎样的生死抉择？无独有偶的是，在长沙、深圳两地，一场特殊的新年感恩会正在举行，一个年轻女孩用这样的方式感谢众多网友对她的帮助。这位女孩叫文明，是一名毕业于湖南师大、任教于深圳大学的宁乡籍女教师，她的感人故事给了我们答案。

时间要回溯到两年前，在深圳大学教英语的文明，在学校安排的租住房里做饭时，煤气突然爆炸，这突袭而来的灾祸，将文明烧得不成人形，手脚无法动弹。在这万分危难的时刻，文明没有放弃，而是选择了绝境求生。她以超凡的冷静和智慧，用牙齿咬开了门闩大声呼救……经医院诊断，文明全身烧伤面积达 80%，其中深 III 度为 60%，昏迷了又抢救，手术了又手术……在经历了常人无法想象的痛苦后，她才从死亡边缘被拉了回来。

当灾祸把生命逼入绝境的时候，是什么给了她绝境求生的力量？在危难时刻依然保持头脑清醒，这不仅仅需要临危不惧的勇气，更需要一种过人的胆识。然而接下来，女孩文明的一连串举措就更加令人刮目相看了。

当亲友们为她的不幸遭遇悲痛哭泣时，她却用不屈的歌声驱散了乌云。在无菌病房接受治疗时，她用全身唯一可以动的部位——嘴咬着笔，一笔一画写下对亲人、朋友、学生的感恩；刚走出重症病房，她又要求父亲推着她的轮椅到每一个病友的房间，鼓励他们不要失去生活的信心，同时也为自己打气。她的举动感染了医院的每一个医护人员和病人。当病情刚有好转，这位乐观的姑娘一边治疗一边在医院办起教学班，教病友、医护人员学英语。明明脚上全是伤疤，溃烂也很多，但是她坚持不搭电梯，说是要锻炼脚力。晚上 7 点讲课，她一般 6 点就去爬楼梯了。

爬到七楼常常满裤子都是血，可她一滴泪也没流，还反过来安慰随行身后已泪流满面的妈妈。

休息之余，她还为医院翻译校正了各种英文资料，并免费为前来医院合作交流的外国友人做同声传译，还坚持用她烧伤得有些脱位的手为医院的烧伤病人写文章，手抄《烧伤病友报》……躺在病床上的文明仍然争分夺秒地复习，为的是要参加上海交通大学博士生考试。尽管她以高出录取线 21 分的成绩通过了考试，却因伤情未被录取，但文明依然很高兴。"即便生活将我摧残得破烂不堪，我依然会开心地笑。"这个折断了翅膀的"天使"用她的行动最好地诠释了什么是坚强，什么是美丽。

没有人不热爱生命，但有时候，生活需要你胆识过人地活着。看到过盛开在悬崖峭壁上的鲜花吗？绝境之上绽放出来的那份美丽，总能收获无数的赞誉与景仰。

污泥塘里也能起飞梦想

■ 徐立新，教育部"十一五"规划课题组专家，作品常见于《特别关注》等。迄今已发表各类作品近 100 万字，部分改编为电视散文在中央电视台 10 套"子午书简"栏目播出。出版有《大爱故事》等。

1920 年，他跟随四处游历的父亲来到纽约，暂住在一条偏僻狭窄的小街上。当时才 10 岁的他，天生调皮淘气，是人们眼中的"坏孩子"。他乐于整天带着一大批"小屁孩"，在街道上到处搞破坏，愚弄邻居，顽劣到了极点。

为了惩罚他，父亲在征得邻居们的意见后，罚他和他的"同党"每天必须清理小街上的一条湖。说是湖，事实上，不过是一条狭长的死水塘，里面满是多年来沉积下来的枯死的树枝和人们随手丢弃的杂物，是一个彻头彻尾的污泥塘。

他的任务就是每天负责将污泥塘的杂物清理出来一些，这是一个无聊、简单且令人厌倦的工作，因为清理出的东西大都因为长时间的浸泡而恶臭无比。"同党们"很快都厌倦地逃开了。

可是，他却一点也不厌倦，反而干得特别认真，特别起劲，他觉得这项工作太奇妙了，能给他带来许多意想不到的收获。因为，有时他能从污泥塘里清理出一些稀奇古怪的东西，比如一个老铜镜，一个有些年代的罐子，甚至偶尔还能弄到几枚钱币。

也就是从这个时候，他对水下的世界有了浓厚的兴趣，立志长大之后，去清理"更大的湖"，甚至是海洋里，他深信那里面肯定有更多的"意料之外"的东西。然而，他的这一志向，却被邻居们看成是异想天开，一个白痴的白日梦。

但是，他却顽固地坚持这个"异想天开"，之后，他背着家人，偷偷地考入了法国海洋学校。毕业后，22岁的他穿上了潜水服，戴上氧气瓶，租借了一艘叫"圣女贞"号的帆船，踏上了环游世界的海上之旅！

那是他第一次真正意义上的潜入深海中，第一次发现海中有许多奇妙新奇的鱼类以及贝类海藻等生物，当然，还有他儿时梦想的"意料之外"的东西——沉船残骸、瓷器碎片，还有就是虽沉睡千年却依然光彩夺目的黄金珠宝！

在随后的十几年里，他在水下找到了成千上万、价值连城的水下沉船物、罐子、餐具、珠宝、枪支、珍稀文献、绝版艺术品……他将这些物品的一部分陈列在自己的私人海洋博物馆里，供所有的人参观。他成功了，声名鹊起！

1952年，他发明改造了世界上第一部水下摄影机，并且弄出了一套水下电视拍摄装置系统，从而踏上了拍摄水下电视片的旅程，由此，他为人类和科学打开了一扇通往海底世界的窗户。

他带领着自己的团队，乘坐了一艘叫"卡里扑索"号的探索船，面向大海，先后跨越了大西洋、太平洋、印度洋以及地中海、极地冰川等许多人类之前从没到达过的水下之域，记录了那里梦幻般的水下精彩世界。

他先后拍摄了75部以海底为素材的电影电视，其中《寂静的世界》、《海底世界》、《海豚的声音》成为当时最热门的电影，在世界上100

多个国家播放。这些影片让全世界的观众大开眼界，惊叹不已。终结了人类不了解海底水下世界的历史！

　　不错，他就是现在海洋探险之父雅克·库斯多。至今，人类拍摄海洋世界，探索洋底秘诀的所有活动都是建立在他先前开拓的基础之上。他发明的水下摄像系统，以及撰写的潜水心理学等仍在今天被广泛使用。

　　污泥塘里也能起飞神奇的梦幻水世界，雅克·库斯多用自己的经历证明了一个道理——梦想随处都可诞生，只要心中有所梦，脑里有所想，那怕你是身处恶臭无比的污泥塘中，同样有一天也可以起飞翱翔，化梦境为现实！

不要错过人生的低谷

■ 李丹崖，中国作家协会会员，专栏作家，5次获得《读者》杂志社"最受读者欢迎文章"奖，被《阅读与鉴赏》杂志社评为24位中考热点作家之一。出版有《草是风的一面旗帜》《邂逅心灵》等。

我曾有幸认识一位年迈的登山家，他一生征服过无数的高峰，足迹踏遍了圣洁的雪峰。在峰顶领略过大好河山的美丽的他在晚年的时候，原本可以在登山俱乐部做教练，或者是在家里安享晚年，但是，他没有那样做，而是收拾行囊，只身一人奔向风光瑰丽的峡谷。

这位登山家留给我印象最深的一句话就是：高耸入云的山巅是我年轻的梦想里放飞的一只风筝，时光流转，我才发现这只风筝的线被栓在深谷里……那里有澄碧的潭水，宁静的百合花，各种各样的草木鱼虫，它们都曾是我年轻的时候在山巅洒下的梦呓，现在，我要把它们一一捡拾。真正深入群山环抱的峡谷，我才发现，自己年轻的时候错过了很多东西，幸亏现在醒悟还为时未晚。

登山家用他最真的诗情告诉了我们一个道理：

不要老是把目光盯住大地的"隆起"不放，俯下身，脚下的幽谷也有着我们发掘不尽的美丽。

在生命的原野上，每个人都在驾驶着一辆梦想之车，一个真正通晓"御术"真谛的"生命马车夫"，不仅要懂得怀揣着一颗沸腾的心"上坡"，还要懂得心平气和地享受着"下坡"的宁静与美丽。锯齿上正因有了许多凸凸凹凹，才成就了锯子的锋利，生命的版图上正因有了低谷的参与，才促成了生命的丰富多姿！科学的养生法也在时刻提醒着我们，天天抱着大鱼大肉不放的身体，由于摄入了太多的高热量和脂肪，迟早要垮掉，时不时地吃一些五谷杂粮，才能养胃、养心永葆健康长寿。

低谷是人生的常态。我们不仅要学会领略巅峰"一览众山小"的豪迈，还要学会享受深谷"轻舟已过万重山"的惬意。也许，人生当中的低谷并不如巅峰那样耀武扬威、占尽风光，甚至还夹杂着一些坎坷、泥淖和密布的荆棘，但是，你想过没有，正因有了这些挫折和磨难，才塑造了我们伟大的人生。

一个没有遍尝过百草苦涩的医者，不会成为妙手回春的良医；一个没经历过破产威胁的企业家不会成为大商巨贾；一个没有翻过船的舵手不会成为最优秀的船长；一个没有经过烈火淬炼的刀剑不会所向披靡！

永远不要错过人生的低谷，因为，只有一个穿越了生命低谷的人，才是苦难的征服者，而不是挫折的臣服者。一位哲人说过，人生之树的伟大之处，不光体现在他蓬勃向上、葱葱郁郁的枝叶和树干上，还在于他埋头向下、痴痴以求的根须上。一个只懂得仰头，而不懂得低头的人，是无法汲取生命的土壤所带给我们的宝贵营养的。

低谷处的崛起才是伟大的崛起。在我们生命的河道里，每个人都应该是一尾鱼，而不是像蝌蚪一样，一味地顺着安逸的水流而下，那样的生活虽然自在，却也时刻潜伏着被汹涌的溪水甩向岸边礁石的危险。真正倔强的生命，应该像逆流而上的鱼群一样，昂起头，一路顶水而上，那头顶上翻卷的浪花不就是最动人的诗章吗？那摇曳多姿的水草不也正在为他们鼓掌吗？在逆境里拥有一颗顺境的心，在逆流里怀抱着一颗顺流的憧憬，便没有人能阻挡你！

　　一颗没有在峡谷的溪水里洗礼过的心，我们不能说他不坚强，但他至少是不够坚韧的；一个没从低谷的丛林里走出的猎人，我们不能说他枪法不准，但他至少是不够勇敢的；一朵没有经过寒冬就绽放的花蕾，我们不能说它不够绚烂，但它至少是不够刚毅的；一粒没有被土壤和黑暗深埋过的麦子，我们不能说它不是粮食，但它至少不是种子！

吃亏是年轻人的财富

■ 姜钦峰，作品常见于《青年文摘》《意林》等，作品收入百余种丛书或中学生课外读本，十几篇被编入中学语文试卷，并有作品被拍成电视散文在央视"子午书简"播出。出版有散文集《像烟花那样绽放》等。

曾志伟年轻时当过武师，做过编剧，他的外形条件不好，而且嗓音沙哑，却成为了影坛常青树，的确有点不可思议。别人问他，成功的秘诀是什么？他说，我不怕吃亏，别人不愿做的事我可以，所以才会有今天。他自己是这么走过来的，也见证过许多年轻人的成长。

曾志伟成名较早。有一次，一位导演请曾志伟友情客串，由于只有简单的几场戏，当他从另一个剧组坐飞机赶来，住进酒店时，已是深更半夜。第二天早上就要拍他的戏，而此时他还没来得及理发，时间很紧，又不能拖延拍戏进度，他急得没办法。这时，工作人员告诉他："你不用急，我们剧组有个新人，以前学过理发，明天早上叫他来帮你理。"曾志伟嘴上答应，心里却不踏实，担心会误事。年轻人是来剧组演戏的，你却派人家去理发，既不能出名，又没报酬，还要起个大早，不是分内的工作，这种吃亏的事，傻子才乐意干呢。

让他意想不到的是，第二天早上五点，天还没亮，那个年轻人就带着理发工具来了。年轻人很有礼貌地敲开了他的房门，一丝不苟地帮他理完发，手艺果然不错，他很满意。早上七点，曾志伟准时赶到片场，马上向身边的朋友打听年轻人的来历，并说："这个年轻人前途无量，将来肯定能干出一番大事业。"过了几年，他的预言果然变成现实，这个年轻人名叫刘德华。

当时的刘德华，还是刚从演艺训练班出来的新人，默默无闻的毛头小子，除了长得帅，各方面都不是特别出众。在演艺圈，像这样的年轻人一抓一大把，曾志伟只见过刘德华一面，却看出了他的潜质，很早就断言他会成功。许多年后，人们更加佩服曾志伟独到的眼光，甚至觉得有点神奇。别人问他，凭什么看得那么准？曾志伟说，其实很简单，他不怕吃亏。

年轻人暂时不够优秀没关系，因为真正的天才很少，你还年轻，有的是学习机会，但有一样是不用学的——吃亏。曾志伟举了一个很简单的例子，大家开会讨论剧本的时候，肚子饿了，要有人出去买快餐。这时候，你马上举手，"我去"。每次都是你去，久而久之，当哪天你不在的时候，大家肚子又饿了，肯定还会想起你，要是那个谁在就好了。

机会，就是当你不在场的时候，别人还会最先想到你。为什么想起你，而不是别人？因为你乐意吃亏，跟你相处没有压力，不必小心防范。喜欢跟你在一起的人越多，口碑传得越远，你的机会自然更多。所以曾志伟说，吃亏是年轻人的财富。因为，你吃的每一个亏都会有人看见。

做自己的上帝

■ 凌仕江，成都军区政治部战旗歌舞团创作员，中国散文学会会员，西藏作协会员，专栏作家。曾获路遥青年文学奖、第四届冰心散文奖、第六届老舍散文奖等。出版有《你知西藏的天有多蓝》《飘过西藏上空的云朵》等。

　　世上有太多所谓的思想家愿意做别人的"上帝"。他们乐意做的事就是设置别人的生活，强加自己的理想，实施各类计划，监督各个步骤的运行，但最终效果如何？

　　有一个快乐的女孩，很喜欢表现自己，她天生一副好嗓子，于是最爱做的事，就是唱歌给别人听。但当流行小调从女儿的口中唱出的时候，她的父亲就皱着眉头，觉得应该培养女儿高雅点的爱好。考虑良久之后，他决定让女儿学习油画。女儿娴静地坐在画布前，几丝从窗户中洒落的余晖照亮了她的头发，成为他心中定格的永恒的美。为了培养女儿的油画功底，他不但为女儿邀约名师，而且还买来萨贺芬、凡·高等画家的画册让她临摹，希望她的画技能一日千里，希望自己想象的画面终成现实。

　　此后，每每女儿练习之际，他便悠然地靠在躺椅上，一边监督她要怎么画，一边引导她将来要报考美术学院。因为他太热爱艺术了，自己年轻时的画家梦因某种原因没能实现，于是就把希望寄托在女儿身上。父亲欣赏着女儿在自己的引导下学画，可女儿却如坐针毡，觉得父亲的决定太自私，又觉得为自己的前途铺路是父亲对自己的爱，反抗不得。于是便一天天变得沉默了，她感觉自己如同经历了牢狱之灾。

这个女孩还是比较幸运的，因为不久父亲就从自己的想象中醒过来，其实是她自己唤醒了父亲。高二那年，她勇敢地对父亲说："老爸，请原谅我，我有了自己的选择，我不能生活在您为我设置的生活里。因为经过这两年多的油画学习，我发现我并没有这方面的天赋，我的每一幅习作都让我感到不愉快，我甚至连看它们一眼的心情也没有，最重要的是我对油画从未产生过兴趣。"

虽然父亲对女儿放弃油画而惋惜，但女儿的坚毅目光却更让他欣慰。结果，她没有成为油画家，但对音乐的热爱使她成了舞台上一名快乐的歌者。

在我们的生活中，许多时候我们都无法挣脱"上帝"的指引或命令，即使沿着那样一条被上帝命名的路走下去说不清对与错。可你始终做的不是自己，永远不是自己，这是人的一生难以弥补的美丽。因此，许多人一生都在努力寻找自己，却无法找回自己。

更有一些人，是从来就没有想过做自己。他们习惯了听从别人的指令做事，他们愿意别人为自己做决定。当失败、受挫时，就能理所当然地把责任推到那个主宰自己观点的人身上。比起心有不甘被别人主宰的人来说，这种人更令人同情，因为，他们放弃了自己最大的权力，把自己的命运交给他人管理。事实是，谁比自己更了解自己？

有时候，看着背着书包匆匆而去的学子，我心里也疑惑他们是在父母的叮嘱下亦步亦趋，还是有着自己的打算摸索前进？

自己的青春自己做主，永远做自己的上帝，即使这次失败，也是下一次成功的经验。

Chapter03 / 梦想都是一样的

　　我所要告诉你的是，在任何地方，每一个人的梦想都是一样的，而不是由高与矮来决定。

梦想都是一样的

■ 刘述涛，中国作家协会会员、中国著作权协会会员。作品被全国大小报刊及海外媒体刊用、转载。出版有《我们战胜了人生》《抖出鞋里的沙》《第一桶金》《亮出你的红衬衫》等。

作为一名篮球运动员，最大的心愿，就是能够在 NBA 的球场上展示自己，厄尔·博伊金斯也不例外，只是这样的机会一直都没有降到博伊金斯的头上。

许多看过博伊金斯打球的教练，都对博伊金斯说，你的球的确打得不错，而且你有很好的篮球天赋，只是你的身材太矮了。是的，博伊金斯只有可怜的一米六五，在 NBA 长得两米高的球员都算是矮小的，所以博伊金斯如果和这些高个球员走在一起，这些高个子的球员都会看不见他在哪里。

为了实现自己的梦想，博伊金斯不断地苦练，博伊金斯很快就成为了他们州高中篮球比赛中的得分王，并且在 1997 年入选 22 岁以下美国国家队队员，博伊金斯平均每场拿下球队最高的 15 点 7 分，率队夺得 1997 年世界大学生运动会金牌。

1997/1998 赛季，是博伊金斯在东密歇根大学最辉煌的一年，他平均每场砍下 25 点 7 分和 5 点 1 次的助攻，美联社把他列在全美最佳阵容的候选名单中。

可尽管是这样，在当年的 NBA 选秀大会，却没有一支球队看中博伊金斯，没有一支球队愿意和他签约，因为所有的球队都知道博伊金斯是打得不错，但是他只有一米六五，在这 NBA 的球场上，是难以容忍的。

在 NBA 打不上球，博伊金斯只能在 NCAA 打球，也许是在 NCAA 的表现太好，他被网队看中，给了他一个十天的合同，可是十天之后，网队又把博伊金斯放弃了。然后是魔术队、骑士队、快船队和勇士队，这些球队都给过博伊金斯十天的合同，只是十天过后，博伊金斯就基本上从这个球队消失了。

这样的打"短工生活"，让博伊金斯内心无比痛苦，他知道自己注定成为 NBA 球队的边缘人，球队只要有点风吹草动，首先裁的就是自己。虽然穿过那么多球队的球衣，却永远只是一名匆匆忙忙的过客。博伊金斯心中那个想要站在 NBA 舞台上的念头开始动摇，他开始真的相信自己的身材成为了自己进入 NBA 的绊脚石。他又不止一次回忆起，在中学的时候，向同学说起自己要在 NBA 打球时，整个班上的同学哈哈大笑的情景。

就在博伊金斯越来越怀疑自己的梦想永远无法在 NBA 实现的时候，他出席了一次活动，见到了 NBA 历史上最矮的运动员蒂龙·博格斯，博格斯虽然比博伊金斯还矮了五公分，只有一米六，但他却在 NBA 被人称为"矮子强盗"，他在 NBA 的十四年里，许多带过他的教练都说：从来没有一个职业篮球选手像他那么矮却如此出色。所以博伊金斯怀就想向博格斯请教，他是怎么做到的。

博伊金斯刚一张嘴，博格斯就微笑着对他说，年轻人，不要和我说你的那些困惑和痛苦，要知道你经历的我都经历过，你没有经历的我也经历了。我所要告诉你的是，在任何地方，每一个人的梦想都是一样的，而不是由高与矮来决定。

博伊金斯不再怀疑自己，他抓住一切表现自己的机会，虽然他十分清楚，自己在 NBA 的职业生涯也许就是两个词：得分与被裁。但也有例外，掘金队看中了他，并且为博伊金斯奉上了四年 1300 万美元的合同。

从此，NBA 的历史上，有了继博格斯后第二矮的球员——博伊金斯，博伊金斯在自己的第十二个赛季仍然用实际行动告诉那些把他看矮的人，他不但拥有速度，拥有得分的能力，还拥有同样的梦想！所以博伊金斯的梦想仍在 NBA 的舞台飞腾。

把生活变成诗歌

■ 朱成玉,作品常见于《读者》《特别关注》等。曾获首届"意林杯"龙源国际文学创作大赛一等奖。《读者》杂志"最受读者欢迎文章"奖。曾有多篇文章被选入中高考试卷。

记得小时候,一个夏天的夜里,一只飞虫飞进了我的耳朵。我慌张地使劲抓耳朵,可是那个顽皮的小飞虫死活不肯出来。我急得哭了起来。

奶奶取出一滴清油来,她说,往耳洞里滴几滴清油,就可以把飞虫的翅膀粘住,然后憋死它。

而母亲却让我站起来,把耳朵对着明亮的灯泡,并像变魔术一样地趴在我的耳根上喃喃低语:虫儿虫儿快出来,给你光亮让你玩……果然,不一会儿,虫儿就慢慢爬了出来,围着灯泡快乐地旋转起来。母亲说,虫儿最喜欢的是亮光,哪里有亮光,它们就会朝哪里飞奔。

对于两种不同的方法,诗人孙晓杰解释道:"前者是生活,而后者就是诗歌。"

奶奶去世的时候,我伤心又害怕。一个疼爱我的人永远地走掉了,再不回来。蓦然间令我感觉到生命的黑暗。父亲来开导我，他摸着我的头说，奶奶出远门了，那个是通往天堂的方向，上帝正在花园里召唤她呢，因为上帝喜欢她。我知道奶奶是个很虔诚的基督教徒，这样的解释让我的心锁顿时打开，父亲把我的悲伤改编成了童话。

从此我微笑着生活，我知道奶奶希望我这样。无论走到哪里，我都会给自己，也给别人以微笑，把手中的爱尽力洒到世界的每一个角落。

同样是小学三年级的学生，在作文中说他们将来的志愿是当小丑。一个老师批之为：胸无大志，孺子不可教也！另一个老师祝愿到：愿你把欢笑带给全世界！

有一次到日本伊豆半岛旅游，路况很坏，到处都是坑洞。其中一位导游连声抱歉，说路面简直像麻子一样。另一个导游却诗意盎然地对游客说：诸位先生女士，我们现在走的这条道路，正是赫赫有名的伊豆迷人酒窝大道。

人生也是这样，当你被一件事情困扰的时候，想没想到换一种方法来解决它呢，我们每个人，无法主导生命，却可以改编生活。那个时候，你会觉得生活是一件很诗意的劳作，而并不仅仅是从一只肩膀到另一只肩膀的疼痛。

生命中没有导演，无法为自己的人生进行彩排。但我们可以是编剧，尽管每个人的生活都会是一本陈年旧账，但我们可以把它变成我们想要的体裁，那些风花雪月可以改编成诗歌，那些柴米油盐可以改编成散文，那些坎坷和灾难可以改编成小说，让你的人生时而像水一样流淌，悠闲而又充满诗意；时而又像山路一样跌宕起伏，峰回路转，柳暗花明。生活是一座杂乱无章的素材库，我们要做的，就是努力使自己成为一个优秀的编剧。

画出最丑的自己

■ 查一路，某高校副教授，作品常见于《读者》等，搜狐网"中国时事评论员"，千龙网"特约撰稿人"。文章被大量报刊转载并收入各种选本。散文多次在中央电视台"子午书简"栏目中播出。出版有《冬日暖阳》等。

　　萨本哲是当代土耳其超级富豪，其庄园和产业几乎覆盖了土耳其大部分国土，"SA"的符号是他产业的标志，而土耳其的国民，对"SA"符号意味的稔熟，如同每天早晨开门看到阳光。

　　然而，这位富豪有个令人大惑不解的怪癖。他供养着一群土耳其最好的漫画家，在一间豪华的大厅，他让这群漫画家随心所欲，画萨本哲，谁画出了最丑的萨本哲，谁就能得到大大的一笔奖励。结果，萨本哲的每一个丑陋之处，都被无限地放大和夸张。这群漫画家整天琢磨、挖掘着萨本哲的"闪光点"，甚至一颗小痣，都被演变成乌鸦的脑袋。

　　工作之余，萨本哲徜徉在大厅，一幅一幅地欣赏着。他很快乐，他看到了在美酒、鲜花、掌声和赞誉前那个不一样的自己。

　　公众不理解的是，就是再想了解真实的自己，他也可以照照镜子，何必拿自己的相貌开涮？

其实，人对自己的相貌都很介意。传说中有位又瞎又瘸的国王，为了掩饰自己的上述不足，竟砍了两位画师的脑壳，真实再现不行，严重脱离真实也不行。血的教训之后，才有了第三位聪明的画师，画出国王一条腿蹲驻石头上，拉弓瞄准的杰作。

与萨本哲相反，世人想到的无外乎都是如何美化自己。去看看那些各色人等的照片，就知道他们对自己形象的珍爱。照片上的人们：立于雪地，握一把雪，以示浪漫；陷入沙发，手撑下巴，状若沉思；置身平地，目视远方，表明其志不在小。即便伟人也概莫能外。

有人说可能萨本哲很另类，有人说可能萨本哲很风趣，有人说可能萨本哲很有幽默感，有人说可能萨本哲喜欢真实，有人说萨本哲是在惩罚自己。

可是，我觉得萨本哲是在做一种心理体操。因为萨本哲幸运亦不幸。这位超级富豪育有一儿一女，不幸的是，一儿一女，均有弱智的残障。现实的真实总是残酷得让人寒彻肺腑。作为一个父亲，谁也无法接受。生活的磨难，意味着让你选择——那些你不想做出的选择。

画最丑的自己，一点一点去接受。如果看到最丑的自己，依然那么开心，那就意味着已经成功地训练自己爱上了生活中的缺憾。是的，它很丑，但你必须爱它。生命的宽广，正在于接受那些宁死也不想接受的事实。

弯路也能走远

■ 崔修建，副教授，文学博士，作品常见于《读者》《格言》等。
现为哈尔滨师范大学中文系写作教研室主任，硕士研究生导师。
出版有《和心灵说话》《爱是天堂》等。

　　喜欢绘画，是在读中学的时候，像他不羁的性格，从第一次拿起画笔，他的眼睛里便没有一位崇拜的老师，他对那些绘画教材上的理论和方法，从来不屑一顾，也不在意别人的评价，只管随意画下去，完全由着性子，自由地放纵。

　　他报考过好多所艺术院校，但他特立独行的画作，始终未能引起阅卷老师的关注。失败，一个接一个，爆豆似的，劈头盖脸地打在他青春飞扬的脸上。

　　有老师善意地劝他，不妨去参加一个辅导班，先摸一摸艺考的正路，免得走弯路。

　　他自然是不肯听的，依旧按着自己的心思，画自己心目中的"杰作"，连续三年参加艺术院校的美术科考试，他都铩羽而归。一颗倔强的心，也曾被失败磨砺得在某一刻柔软过，曾呆呆地望着那些画作，怀疑自己是否真的误入了歧途。然而，他最终还是不肯低头，仍在自己认准的道路上磕磕绊绊，直到昔日的同窗大多已从艺术院校毕业，有的成了小有名气的画家，有的成立了创作室，有的做了艺术院校的老师，他的作品依然无人问津。

偶尔，他听到有人私下里嘲笑他是"给凡·高磨颜料的"，早已对考学无望的他，也只是淡淡地一笑，什么都不说。

父母对他的偏执，很是头疼，但软硬兼施的结果，是他初衷不改，只得无奈地看着他"走火入魔"，彻底放手，不再管他。

好在那位当煤矿老板的舅舅，很喜欢他，给他拿了大把的钱，任他背着画夹，天南海北地游荡，尽管他的画作，没有丝毫艺术细胞的舅舅也根本看不懂，但就是宠着他，近乎溺爱地随他在自己臆想的世界里天马行空。

那年六月，烟雨迷蒙的周庄，临河的阁楼上，饮罢一碗米酒，望一眼窗外形形色色的游客，他陡然生出作画的冲动，便拿起画笔，在餐桌上飞快地勾勒起来。

"好画！"不知何时，一位很有些仙风道骨的老者站在了他身后。

"真的？"第一次听到有人赞叹，他竟有些羞涩，尽管他骨子里一直坚信自己虽然画得不是很好，却也绝非一无是处。

"有境界，有个性，只是力度大了一些，露出了明显的生硬，许是年龄的缘故，但假以时日，自会大有改观。"老者微笑着拈须点拨道。

"多谢大师指点！"已敛了许多傲气的他，听老者的评语还是很顺耳的。

"若想画得好，需苦心品悟。"老者扔下这句话，便翩然而去。

漫步在周庄弯弯曲曲的河道、桥梁和小巷间，他一遍遍咀嚼着老者赠他的寥寥数语，幽闭的心扉，陡然射入了一丝光亮。

两年后的一天，他在街头作画时，被香港一位著名的书画收藏家看到。那位收藏家竟然让他开价，说要收藏他近两年创作的所有作品。

他起初以为收藏家是在开玩笑呢，便随口说了一个相当大的数字，没有想到收藏家居然一口就答应了。

他惊讶地问收藏家："我可是一个不知名的画家啊，出这样的高价，难道您不怕投资失败？"

收藏家一脸自信道："年轻人，我不会看走眼的，你的画作一定会让我赚钱的。"

果然，又过了十年，他终于声名鹤起，作品畅销海内外，一幅画作动辄数百万元。而他，此时刚过不惑之年。

如今已经客居意大利的他，在一次接受罗马电视台的专访时，谈及自己的成功经验，他给出了平淡而耐人寻味的六个字——弯路也能走远。

当年那些在绘画路上顺风顺水的同窗，虽然也各有收获，但都没有他的成就显著。或许真的像那个大家耳熟能详的成语说的那样——曲径通幽，通往艺术深邃境地的道路，更喜欢弯弯曲曲，而不是笔直顺畅。

而他，也由衷地庆幸，自己没有轻易地转身，才赢得了今日的柳暗花明。

改变命运的一个字

■ 王国军，作品常见于《青年文摘》等，南充市作家协会会员，成都市微型作品协会成员。国内外各大报刊上刊文 130 余万字，入选中考语文试卷 3 次、各类丛书 200 余篇。

他五岁的时候，父亲带他移民到了美国。由于成绩不好，加之生性异常好动，班主任很不喜欢他，曾不止一次找他在马里兰大学教书的父亲诉苦。

他六岁的时候，得了一场大病，右手基本上不能握东西。康复后不久，父亲却意外地发现他左手的能力异常突出。这让父亲欣喜若狂。

父亲多次找体育老师，让他刻意培养儿子左手的动手能力，这让老师们备感诧异。因为在常人看来，右手才是活动的主要载体，右手出毛病了，应该锻炼右手才对。

父亲微笑了，因为他知道左手是由右脑控制的，而右脑是想象细胞聚集的所在地，锻炼左手更能加快想象力的培养。

在父亲的计划中，他希望儿子长大后能成为一个有用的人，至少能沿着自己的轨迹成长，成为一名优秀的教授。但是他很快失望了。进入初中后，儿子突然变得腼腆，跟母亲说话，都脸红，更别说和其他女孩子了。

细心的父亲观察了几周后，特意邀请一个女孩到家里给他补课。他却躲进房间里不敢出来，父亲见状，大声说："出去，我们家没有胆小鬼。"他望着父亲。因为父亲从没有这么大声训斥过他。父亲见收到效果了，便拍拍他的肩膀，柔声说："相信我，你能行的。"他挺直了身子，向门外望了望，又回头问："我真能行吗？"

"能！"父亲果断地说。他硬着头皮走出去，嘴里一次又一次地念着：能，能，能。他的这番主动让女孩很惊讶，她没想到这个见了女孩躲闪都来不及的男孩居然昂头向自己走来。出于礼貌，她友善地笑了。也正是这一笑，让他更有信心了。在班上，他活泼多了，也积极参加各种活动。他以自己的勇气成功地获得了朋友们的认可。

他就是赛吉·布林，全球最有钱的九个年轻人之一，然而他并没有按照父亲给他设定的步伐成长，在斯坦福大学读博期间，他毅然选择了休学，并和拉里·佩奇一起创建了家喻户晓的互联网搜索引擎Google。

在谈及成功时，他总是把功劳归功于父亲："没有父亲的那句当头棒喝，就没有我的今天。"他微笑着说，"因为'能'，所以在以后的岁月中，只要遇到困难或者挫折，我总会想起父亲的那句话，想起我'能'行，我'能'。因为'能'，所以我就会鼓起勇气，因为我'能'，所以我能大胆地接受挑战。"

成功就是推开那扇门

■ 方益松，笔名方董，江苏省南京市人。中国文字著作权协会会员、江苏省作家协会会员、多家杂志签约作家，《特别关注》杂志社联谊会首批进驻作家、国内励志随笔期刊知名作家。文章多次入选中考试题。

　　那年，我刚刚大学毕业。怀揣一张并不算过硬的文凭，手里拿着一沓工工整整誊写的简历，像千万个曾经自诩"天之骄子"的青年一样，在各地的人才市场、大大小小的招聘会上，一个人不停地寻找就业机会，但结果总是千篇一律：不断地遭到对方的摇头或婉言相拒。一次次的碰壁，心情也灰暗到极点。每天只能收集带有招聘版的报纸，或者留意社区公告栏和电线杆上的招聘启事，记下用人单位的号码，然后不断地打电话。除此而已，就是枯燥无味的一日三餐，夜晚的辗转反侧、难以入眠。父亲看在眼里，急在心头，起早贪黑的，从无一句怨言。我知道，父亲把对我的爱深深地蕴藏在心底。父亲之所以从不陪我去招聘现场，就是想培养我自立的能力。

　　有一天，本地一家待遇极好的大型单位招聘，我也很想去面试一下。但听朋友说，这家单位要求极其严格，像我这种专科毕业的，几乎没有任何希望。父亲看到我失望的表情，只是拍了拍我的肩膀，说，你应该去试一下，任何时候，都要相信自己，给自己一个机会。

我终于鼓起勇气，转了几班公交车，赶到了那家单位。在招聘室的门口，我不断看到有人垂头丧气地出来，问了几位，都是大学专科以上文凭。我打了个电话给父亲，告诉他我不想应聘了，因为我知道，以自己的文凭，根本就不可能有任何机会。在电话里，父亲第一次对我发火，他大声吼着："今天你不走进去，就不要回家了，爸爸就当没有你这个儿子！记住，什么都不要想，推开那扇门！"

我已记不清自己是如何推开的那扇门，总之，没有传说中的扫帚与任何需要我弯腰捡起的障碍物。接待我的是一个四十岁左右的大姐，只看了一眼我的文凭，就皱了皱眉，我的心也像大姐的眉头一样皱了起来，提到了嗓门。当我谈起自己在学校是校报主编，在全国各地发表了近百篇文章的时候，那位大姐再次拿起了我的简历。

过了几日，我终于接到了那家单位的通知：我被录取了。后来我才知道，那位主管人事的大姐在好多报刊看到过我的名字。所以对我印象极为深刻。在她的极力举荐下，近千个应聘者中，只有包括我在内的三个人通过。如今，我已是这家单位的高级主管。但假如不是父亲当初的鼓励，假如我没有勇气推开那扇门，一个很好的就业机会，将不可避免地与我擦肩而过。

事情已经过去了很久，但每当遇到困难，我总是想起父亲的那句话："什么都不要想，推开那扇门！"很多时候，成功离我们并不遥远。只是我们人为将自己的成功之门关闭，放弃本应该属于自己的机会。就像我曾经一样，成功近在咫尺，仅仅是一扇门的距离。关键是，在任何情况下，都要给自己决心与果敢，不要回头。成功就是伸出手，轻轻推开你面前的那扇门。

春天没有埋藏你的理由

■ 凌仕江，成都军区政治部战旗歌舞团创作员，中国散文学会会员，西藏作协会员，专栏作家。曾获路遥青年文学奖、第四届冰心散文奖、第六届老舍散文奖等。出版有《你知西藏的天有多蓝》《飘过西藏上空的云朵》等。

杜鹃开了，燕子归来，季节号的地铁在银装素裹里迎来了兔年的春天。换上新日历，又开启了奋斗征程里美丽的一页。清晨，邮筒里一封来自南方的信笺，给原本因为雪的到来而欢呼雀跃的心，平添了几分惊喜。熟悉的字体，即便不看书信的署名，我也一眼能猜到它的出处。

那一年的冬末春初，我在西藏的小木屋里，收到了女孩的第一封来信。一起收到的还有近百封来自全国各地热心读者的书信，创作的忙碌使得我难有精力一一回复，但当读到女孩的信时，我却无法淡漠这位花季女孩的焦虑与无奈。女孩说她为了实现上大学的梦想，年迈的父母不惜变卖一些值钱的家当，来铺平她参加艺术生考试的道路；为了增加被理想大学录取的机会，除了艺术生考试，她还报名了艺术特长生和自主选拔录取等所有能参加的考试。然而，四处奔波"赶考"的重重压力，对家庭的愧疚和对前途的迷茫让她窒息，原本对梦想的执着却成为了她最终选择放弃的诱因。

连夜我写了一封简短的回信，在第二天的清晨，踏着白皑皑的大雪寄了出去。信里，我对女孩说：史铁生在他20岁的那年，双腿突然残废，他的所有对未来的期盼被命运无情地夺去。然而，放下心中的种种不甘和不平，将人生当成纯粹奋斗与战胜自我的旅程，史铁生写出感动人心的一篇篇文章。所以，当你感觉春天为他人送去了希望却带给了你失望的话，不要以为只有万紫千红才能赢得春天的奖赏，哪怕只是纯粹的一丝白、一点绿，也会让你收获春天的绽放。

"坚守自己纯粹的色彩，也不会被春天埋藏"，在女孩后来的来信中说，这句话给她很大的鼓舞。她终于明白要想攀登高峰，就必须抛弃太多的杂念，学会做减法。第二年，她又走上了考场，只是这次的她，不再当空中飞人，踏实地选定了一所有希望录取自己的学校。直到有一天夜里，她兴奋地在电话里告诉我，她被花城的一所大学录取了。我被她成功的喜悦深深感染，原来春天的故事让生活变得如此美好。

这一次的来信，她又带给我一个报喜：她已经保送上了研究生。如今透过她那隽秀的字体和淘气的表情符号，可以肯定她早不是几年前那个忧郁的女孩，我甚至能想象即便容貌不漂亮的她，爽朗的笑声都可以化作一朵朵飘逸的白云，带给整片阴沉的天空一片晴朗。只是有谁能想到，几年前的她，在四处盲目"赶考"重压下，差一点被埋藏在春天里呢？

谁曾想到，把梦想满满地装进口袋，最终所有的理想都有可能提前丢掉。又有谁曾想到，只坚持一个梦想，可能开出一条花径呢！

一条忍着不死的鱼

■ 徐立新，教育部"十一五"规划课题组专家，作品常见于《特别关注》等。迄今已发表各类作品近 100 万字，部分改编为电视散文在中央电视台 10 套"子午书简"栏目播出。出版有《大爱故事》等。

在距非洲撒哈拉沙漠不远处的利比亚东部，有一个叫杜兹的偏远农村，这里白天的平均气温高达42℃，一年中除了秋季会有短暂的雨水外，其他绝大部分时间都是骄阳似火。

然而，就在这样一个恶劣的环境中，却生长着一种世界上最奇异的鱼，它能在长时间缺水、缺食物的情况下，忍着不死，并且通过长时间的休眠和不懈的自我解救，最终等来雨季，赢得新生，它便是非洲的杜兹肺鱼。

每年当干旱季节来临时，杜兹河流的水都会枯竭，当地的农民便再也无法从河流里取到现成的饮用水了。为了省事，当他们在劳作时口渴了，便深挖出河床里的淤泥，找出几条深藏在其中的肺鱼，肺鱼体内的肺囊里储存了不少干净的水。

农民们将挖出来的肺鱼对准自己的嘴巴，然后用力猛然挤上一顿，肺鱼体内的水便会全部流出来，帮他们解渴。

然后，农民便会将其随意地一扔，不再顾及它们的死活。

有一条叫"黑玛"的杜兹肺鱼就不幸遭遇了这样的事情：当一个农民挤干了它的水分后，便将它抛弃在河岸上。无遮无挡的黑玛被太阳晒得直冒油，生命垂危。好在它拼命地蹦呀、跳呀，最后终于跳回到了之前的淤泥中，重新捡回了一条命。

但是，不幸并没有就此打住。很快，有一个农民要搭建一座泥房子，于是他开始到河床里取出一大堆的淤泥，好用它们做成泥坯子。不巧，黑玛正好就在这堆淤泥中。于是，它又被这个农民毫不知情地打进泥坯里。泥坯晒干后，那个农民便用它们垒墙，黑玛很自然地便成了墙的一部分，完全被埋进墙壁里，没有人知道墙里还有一条鱼。

此时墙中的黑玛已完全脱离了水，而且没有任何食物，它必须依靠囊中仅有的一些水，迅速进入彻底的休眠状态之中。

在黑暗中整整等待了半年后，黑玛终于等来了久违的短暂雨季，雨水将包裹黑玛的泥坯轻轻打湿，一些水汽便开始朝泥坯内部渗入。

湿气很快将黑玛从深度休眠中唤醒了过来，体衰力竭且体内水分已基本耗尽的黑玛，整天整夜开始拼命地吸呀吸，好将刚进入泥坯里的水汽和养分一点点全部吸入肺囊中——这是黑玛唯一的自救办法。

当再无水汽和养分可吸之时，黑玛又开始新一轮的休眠。

很快，新房盖好后的第一年过去了，包裹着黑玛的泥坯依旧坚如磐石，黑玛如同一块"活化石"被镶嵌在其中，一动也不能动。黑玛深知此时再多的挣扎都是徒劳，唯有静静等待。

第二年，在自然的变化以及地球重力的作用下，泥坯彼此之间已不如之前密合得那么好，它们开始有了些松动。黑玛觉得机会来了，它不再休眠了，而是开始日夜不停地用全身去磨蹭泥坯，生硬的泥坯刺得黑玛生疼，但它始终没有放弃，在它的坚持下，一些泥坯开始变成粉末状，纷纷落下。

在黑玛昼夜不断地磨蹭之下，第三年它周围的空间大了许多，甚至可以让它打个滚，翻个身了。但是，此时的黑玛还是无法脱身，泥坯外还有最后一层牢固的阻挡。

改变命运的转机发生在第四年，一场难得一见的狂风夹带着米粒般大小的暴雨，终于在某个夜里呼啸而至，更可喜的是，由于房子的主人已在一年多前弃家而走了，这座房子已年久失修，在暴雨和狂风的作用下，泥坯开始松动、滑落，直至最后完全垮塌。此时，黑玛用尽全身最后一点儿力气，与暴风雨里应外合，一使劲，破土而出了！

沿着满路面下泻的流水，重见天日的黑玛很快便游到不远处的一条河流中，那里有它期待了4年的一切食物和营养——肺鱼黑玛终于战胜了死亡，赢得重生！这是杜兹，也是整个撒哈拉沙漠里的生命奇迹，而这个奇迹的名字显然便叫坚持和忍耐！

不要挥霍你的天赋

■ 古保祥，作品常见于《青年文摘》《格言》等。至今已发表文章 300 余万字，十余篇文章选入各地中高考试题。出版有《为自己画个月亮》《杯记得茶的香味》等。

宝拉从小就是个离经叛道的女孩子，老师们都说她天赋极好。她从小就敢于从高空跳下来，做着各式各样的展示，然后在众人的掌声中，她趾高气扬地将自己的右手抬起来做着名人才有的举动。

高一那年的夏天，学校组织春游，许多人选择了游泳，但中途发生意外，突然间山上发生洪峰，眼看着许多学生将发生危险，正在此时，一个女孩子从山顶奇降而下，难度系数绝对不亚于奥运会选手，她惊奇的一跳，将许多学生拽上了岸，事后，老师找她谈了话，对她说道："你应该去跳水队接受培训，你有着与众不同的天赋。"

十分顺利地，宝拉进入了墨西哥国家跳水队，她年纪虽小，却技压群雄，几个漂亮的水花压得大家心服口服。

为此，她成了跳水队的焦点与特殊人物，当时的跳坛，依然是中国一家独大，国家体育中心将宝拉当成了击破中国统治的宝贝。

宝拉为此十分高傲，许多人说她天赋极好，常人训练多次的动作，她几次就可以完成，并且保质保量，但十分遗憾的是，她参加的几次世界大赛均以失败而告终，在一次记者采访中，她出言不逊，说凭自己的实力完全可以拿到冠军，只是大家还不认识自己罢了。

北京奥运会上，她只得到了单人十米台的第四名，她义愤填膺，觉得裁判对自己不公，为此大哭了一场，在国家跳水中心，她抬起的泪眼中看到了一位中国教练的身影，她叫马进。

马进被墨西哥国家队聘请成为跳水队的主教练，宝拉对马进十分不屑，认为她不过是徒有虚名罢了，她已经下定了决心，要退役选择大学时光。

马进与宝拉的谈话由此开始，她直言不讳地告诉宝拉："你有着良好的天赋，这是你的优点，却也成了你的软肋，你为此骄傲自满，不可一世，认为这是不可能改变的资本，你的训练课程没有章程，毫无循序渐进的改进目标，你是在浪费上帝赐予你的天赋。"

这几句话，戳醒了忘乎所以的宝拉，当晚，坐在电视机前，马进一五一十地陈述了她动作中的所有缺点，说得宝拉痛不欲声，下定决心要使自己清醒。

她们的磨合经历了诸多坎坷，宝拉终于挺了过来，在马进的帮助下，天赋加上良好的训练铸就了墨西哥公主的一段传奇，她的跳水事业风生水起、蒸蒸日上。

2011 年深圳大学生运动会，宝拉·埃斯皮诺萨打破了中国跳水队的垄断统治，在女子 10 米跳台决赛中，力压中国选手获得冠军，一夜之间，她成为墨西哥的英雄，家喻户晓的"公主"。

天赋是上帝赐予你的最大资本，但不是单凭一个天赋就可以取得成功，成功是天赋加上努力的结果，天赋是用来努力的，而不是用来挥霍的。

做个稻草人

■ 张珠容，作品常见于《读者》《意林》《格言》《启迪与智慧》等，中国文字著作权协会会员。作品 发表在《读者》《青年文摘》《意林》《格言》《特别关注》等刊物，入选图书数十种。

　　一片绿油油的油菜花田，站着一个穿亮橙色外套的"稻草人"，这个"稻草人"时不时会站起来挥舞着手中的武器，赶走前来啄食菜籽的鹧鸪。近来，英国班格尔市一个名叫威廉·扬斯的农夫终于不再为怎么驱赶偷食菜籽的鸟类而烦恼，因为他招聘来了一个真人版的稻草人，而且这个稻草人非常热爱自己的工作。

　　稻草人的真实名字叫贾米·福克斯，前不久刚毕业于英国班戈大学。福克斯在大学修的是音乐专业，毕业之后，他四处找工作，可几个月过去了，他却一无所获。一天，福克斯连续三次被用人单位"赶"了出来。他万分沮丧，干脆将所有应聘简历塞进公文包，然后坐上一辆计程车准备到郊外散步。

　　他只叫司机一直往前开，因为连他也不知道自己要去哪里。计程车经过一片嫩绿的菜地时，福克斯突然喊"停"。下车之后，福克斯才发现，这段时间以来，自己为了工作一直奔波，已经很久没有和大自然亲密接触了。此刻，他迫不及待想要徜徉在那片绿色的油菜花田当中，尽情呼吸新鲜的空气。

福克斯在油菜花田待了整整一个多小时，心情非常愉悦。就在他抬腿想离开的时候，突然被一个声音叫住了："年轻人，请等等！"

福克斯回头一看，身后站着一个满面红光的老农夫。老农夫向福克斯自我介绍："你好，我叫威廉·扬斯，是这片油菜花田的主人。"

福克斯不好意思地说："你好，扬斯，刚才我并没看见您在花田里，所以冒昧地在此处游玩了很久。"

"哦，年轻人，我叫住你并不是为了责备你，而是想请你帮一个忙。不知你是否愿意以后天天在花田里游玩，帮我看护这片油菜花？当然，看护是有薪酬的。"扬斯委婉地说。

福克斯满脸疑惑，他不明白扬斯说这番话的意思。扬斯解释说，自己去年在班格尔市郊外多处地方承包了土地，种植各类蔬菜。平时，他只需要轮流在这些地里翻翻种种、浇水施肥，不用专门留在哪块地里看护。但是，近来这块土地种植的油菜花结籽了，很多鹧鸪都会趁扬斯不在场时偷偷飞来啄食菜籽。扬斯曾在地头架过各式各样的稻草人，可聪明的鹧鸪丝毫不惧怕这些传统的稻草人，依然日复一日地飞来。截至目前为止，扬斯已经损失了近万英镑。刚才，扬斯看见穿着亮橙色外套的福克斯一站到油菜田，偷食的鹧鸪就吓得赶紧飞走了，所以他希望福克斯帮他看护这片油菜花田，也就是说，他想请他当自己的"稻草人"。

扬斯本以为福克斯会想都不想就拒绝他的请求，没想到，福克斯竟然答应试试看："反正我现在也没有工作，我就暂时在这里工作。只是不知道，我能否在菜地里弹奏我的乐器？"扬斯乐呵呵地说："当然，在田间，除了帮我赶跑鹧鸪以外，你可以做任何事情！"

就这样，福克斯当起了稻草人。他每天都穿着亮橙色的外套自由穿梭在扬斯的菜田里。他只要工作8小时，并不需要时时赶鹧鸪，因为鹧鸹看到他那身晃动的亮橙色根本不敢靠近。福克斯闲余的时间很多，于是他就用来看书或者弹琴。如果看到有鹧鸹在头顶上盘旋，福克斯就会立即跳起来，用手风琴或牛铃弄出一些可怕的噪声，将飞鸟吓跑。对此，扬斯非常满意，他每周都支付给福克斯 300 英镑。

福克斯从事真人版"稻草人"工作的消息让一些朋友惊呆了。不过，当他们看到福克斯在田间悠闲地看书、弹琴或者静静发呆的时候，他们的惊愕转变成了羡慕："我们的工资比你高不了多少，但是，我们要比你忙碌百倍，你是幸运的，福克斯！"福克斯也笑着回答："是的，如果我一直找不到更适合我的工作，我愿一直做个'稻草人'，吸尽所有新鲜空气！"

Chapter04 /
人生由自己打造

作为一名富二代，假如你不想碌碌无为地消磨一生的话，就一定要想方设法摆脱父辈的光环，勇敢地拔出插在后背上的"银匕首"，去打造属于自己的精彩人生。

做最好的豆腐

■ 姜钦峰，作品常见于《青年文摘》《意林》等，作品收入百余种丛书或中学生课外读本，十几篇被编入中学语文试卷，并有作品被拍成电视散文在央视"子午书简"播出。出版有散文集《像烟花那样绽放》等。

大学毕业后，他没有出去找工作，也不打算考研。他回家告诉父母，说自己想创业，要去大城市卖豆腐。他出生在豆腐世家，从曾祖父开始卖豆腐，一直传到他的父母。耳濡目染，他从小就对豆腐情有独钟，满怀雄心壮志，要把家族事业发扬光大。

父亲却将他骂得狗血淋头："没出息的东西，你出去讨饭都行，就是不准卖豆腐！"俗话说人生有三苦：撑船、打铁、磨豆腐。自己卖了一辈子豆腐，每天起早贪黑，省吃俭用供儿子上大学，还不是为了让他将来别遭这份罪。大学生卖豆腐，十几年的书白念了不说，传出去丢不起这人啊，父亲断然无法接受。

可是儿大不由父，他偏要自讨苦吃。父亲拿他没办法，见儿子铁了心要卖豆腐，只好叹了口气，给了他一万元钱，叫他尽量滚远点，别在家门口丢人现眼就行了，赔光了本钱赶紧回家。他单枪匹马来到遥远的城市，先租了间民房，买好设备，又在菜市场租了一个摊位。做豆腐对他来说不是什么难事，他胸中憋着一股劲，摩拳擦掌，准备大干一场。

第一天出摊，他心里没底，只做了两桌豆腐，一桌白的，一桌彩色的。彩色豆腐是用绿色的蔬菜汁和黄色的南瓜汁调制而成，外黄里绿，鲜艳夺目。旁边一溜豆腐摊，摊主都是中年妇女，唯独他一个小伙子，将近一米八的个头，尤其显得突兀。他站在那里浑身不自在，看见别人大声吆喝，生意兴隆，自己却憋得满脸通红，怎么也喊不出来，门可罗雀。

守了半天，总算有人光顾。一个老妇人左手挎着篮子，右手握着一杆小秤，东瞧瞧西看看，满脸皱纹都掩饰不住她脸上的精明，一看就知是个不容易对付的主顾。他想起了《还珠格格》中的"容嬷嬷"，不由得小心翼翼。"你做的豆腐？""容嬷嬷"走到他的摊前，目光停在黄绿相间的彩色豆腐上，面无表情，语气中夹杂着怀疑。"是的，今天刚开张，您来点试试？"第一笔生意上门，他心里紧张得要命，明显感到自己的声音发虚。"容嬷嬷"不再细问，秤了一块豆腐，付完钱就走了。

万事开头难，第一块豆腐卖出去之后，他信心大增。第二位顾客是个中年妇女，先看了一眼彩色豆腐，又抬头看看他，眼前的小老板看起来比豆腐还嫩，她显得有些谨慎，拿了一丁点放在嘴里尝。他尽量装着胸有成竹的样子，等待顾客评价。哪知她眉头一皱，"呸"地一口吐在地上，头也不回就走了。他的心立时悬了起来，赶紧抓了一小块塞在嘴里，竟然又酸又涩，彩色豆腐变质了，根本不能吃。他顿时头皮发麻，赶紧又尝了尝白豆腐，还好没事。

第一次做彩色豆腐，他不知道是哪个环节出了纰漏，也没心思去细想，此时他最担心的是前面那个"容嬷嬷"，万一把人吃出了毛病，回来找自己算账，那就完蛋了。他能想象出"容嬷嬷"愤怒的样子，张牙舞爪向他扑来，揪着他的衣服去工商局……他不敢往下想，心里七上八下，惶惶不可终日。他后悔当初没有听父亲的劝阻，甚至想到了逃跑，可是他不甘心就这么认输，让父亲看自己的笑话。剩下的白豆腐还没卖掉，他只能硬着头皮死守，同时又心存侥幸，暗暗祈祷"容嬷嬷"千万别回来。

怕什么就来什么，午饭过后，"容嬷嬷"果然顶着烈日赶来了。她两手空空，菜篮子和小秤都没带上，明显不是来买菜的。眼看着"容嬷嬷"急匆匆地朝自己走来，来者不善，他越想越怕，恨不得扔下豆腐摊撒腿就跑，却怎么也挪不动脚步。"小伙子，我是专门来找你的。""容嬷嬷"也不兜圈子，上来就开门见山。他顿时面红耳赤，心里扑通直跳，张口结舌说不出话来，根本不知道该如何应付即将到来的暴风骤雨。

"容嬷嬷"似乎看出了他的心思，忽然笑了："我来是想告诉你，你做的豆腐真好吃！"他愣住，不知该如何回答，尴尬地点头。"容嬷嬷"依然满面春风，像是跟他拉家常："小伙子，你一定要坚持住，我的小儿子跟你差不多大呢。"说完，她仿佛完成了一项重大任务，步履轻松地走了。目送老妇人矮小的背影渐渐远去，他如释重负，滚烫的泪水夺眶而出。

若干年后，他成了当地小有名气的企业家，昔日简陋的豆腐作坊，已被崭新的厂房取代。他研制出的豆腐营养美味，尤其以安全放心闻名，已成长为知名品牌。作为大学生创业的佼佼者，常常有人会问他，成功的秘诀是什么？他说："从我卖出第一块豆腐起，我就下定决心，一定要做最好的豆腐！"

山就这么高

■ 仲利民,作品常见于《青年文摘》《思维与智慧》等。出版有《智慧是最轻便的行囊》《我只要你爱我》等多部作品。有多篇文章入选中小学教材及课外必读教材。

那年,他在学校的成绩非常不理想,他觉得无颜面对父母,是父母在外拼命地打工,积攒下来钱供他来城里的这所学校读书,希望他将来能够出人头地,可是他现在的成绩根本就没什么希望考上好的大学,至于将来的高考更是他不敢想象的。

他不敢对父母说:"他不想读下去了。"那样,即使父母什么也不说,仅仅是他们那双失望的眼神就会将他击垮。

他想偷偷地出去打工,等到生米煮成熟饭再跟父母讲明。到那个时候他们叹息也好,怒骂也罢,随他们去。

经过一夜的思考,他做了决定,这个星期正好父母从外地回家,他先陪他们过上一晚。也许,这个夜晚是一道分水岭,从此就决定了他未来的人生方向。

父亲看到他回家，很热情地和他讲外面的事情，母亲则在厨房里忙着做他喜欢吃的一切。他在等父亲问他的学习情况，可是父亲就是不问。

吃过晚饭，父亲少见地和母亲陪着他一起去村庄西边的小山脚下，父亲说："孩子，你看这山有多高？"

他小时候爬过这山，因为山势陡峭，荆棘丛生，从未爬到过山顶，所以很难回答。没有经历过，怎么会知晓呢？面对父亲的提问，他不知如何作答。

父亲见儿子沉默，就说："这山，说高也不高，努力去爬了，到达山顶就知道了。如果从未爬到过山顶，你就永远也不知它有多高。"

其时，亮亮的月光洒下来，如同白昼，山在那里坦然地呈现出它的身姿。

父亲说："孩子，今天，你母亲在山下看着，我们俩一起开始爬山，看谁先到山顶？"他想不明白，父亲今天为什么有闲心陪他来爬山，而且是晚上，以前，他很少有这样闲情逸致啊！

不过，他看了父亲一眼，那个在他的眼里曾经高大的身体，现在已经有些苍老了，他不相信会输给父亲。就答应了父亲的要求。

山虽然很陡峭，但是他熟悉这座山的身材，哪里有坡，哪里有路，还有他年轻矫健的身体，他相信自己会爬到山顶的。在母亲的注视下，他们父子俩开始爬山，月光下，两个身影用自己的方式向山顶攀去。

脚下凹凸不平，手被刺破了，腿受了伤，胳膊擦破了皮，脸上还划了条伤口，虽然如此，他还是爬上了山顶，这是他第一次到达山顶。他的心忽然有了一份豪情，他真想大喊一声，告诉别人他内心的快乐。

看到父亲也快爬到山顶了，他弯下腰，拉了一把父亲。父亲也到达了山顶。站在山顶上，父子俩一起大声地对着夜空喊了起来："噢——噢——"整个小村都回荡着他们的声音。

他对父亲说："山就这么高！"

父亲笑笑："其实山就这么高。"

　　他决定回校去好好读书。任课的老师都感到奇怪，他怎么像变了一个人，成绩像雨后的竹笋，蹭蹭地升了上来。后来，他考上了一所名牌大学，成了一位非常有名的律师。在他的心中，一直屹立着一句话：山就这么高。

总有一项是胜过他人的

■ 刘述涛，中国作家协会会员、中国著作权协会会员。作品被全国大小报刊及海外媒体刊用、转载。出版有《我们战胜了人生》《抖出鞋里的沙》《第一桶金》《亮出你的红衬衫》等。

益川敏英上大学的时候，遇上一件令他十分头痛的事情，他的英语成绩全年级最差。

英语老师也不止一次敲着桌子对益川敏英说："你这么聪明的一个人，怎么会学不好英语？如果你的英语一直这样的话，你怎么可能到外国去留学，又怎么可能读得懂英文版的课程。"

益川敏英做梦都想到英国的剑桥大学去留学，想成为像诺贝尔那样享誉世界的物理学家。

英语成为了自己的拦路虎，怎么办？益川敏英真的有点发愁了。

益川敏英决定突击英语，可是不管自己如何努力，还是提不起一点学习英语的热情。有时候益川敏英硬逼着自己大声朗诵英语，并且用英语和身边的同学对话，可是同学听了却是一脸茫然，问益川敏英："你说的什么英语？我怎么一句也听不懂？"

益川敏英越逼自己学越生气，他看着手里这些在自己眼前活蹦乱跳的英文字母，真想一把火烧了自己所有的英语书。

英语不好，是不是真的就如许多教授说的那样，一生都不会有多大的成就？益川敏英跑去问自己最信任的物理教授。

物理教授想了好一会儿，说："很大的可能，因为你英语不好，就无法到外面去和别人进行学术交流；你英语不好，许多新出来的知识你就无法一下子理会到；你英语不好……"物理教授的话还没有说完，益川敏英伤心地往外跑。

看来自己这辈子成不了有成就的物理学家，更不可能像诺贝尔那样享誉世界。益川敏英越想越觉得自己前途暗淡。越这么想越觉得要喝酒解闷，益川敏英走进一家酒馆，对着酒店老板大喊："上酒。"不一会儿，让益川敏英十分惊诧的是一只猴子拿着一瓶酒和一个杯子飞快地跑到自己面前摆好，然后猴子又飞快地去拿盘子和碟子。

益川敏英所有的关注都在这只穿着格子衬衣的猴子侍应生身上，随着猴子在酒店中的手脚并用，麻利地穿梭。益川敏英忽然想知道店老板是怎么把猴子训练成功的。

酒店的老板对益川敏英说："人也好，动物也好，它总有一项功能是胜过于别人的地方，只要你寻找到了，并不断地挖掘它、训练它，持之以恒，那么不要说猴子会当侍应生，现在欧洲的猪不是也排上雷了？"

听完酒店老板的话，益川敏英忽然间觉得英语学得好坏对自己不是那么重要了，重要的是自己一直把物理学好。

益川敏英大学毕业之后，留在了名古屋大学进行物理学研究，后来到了京都产业大学，并且在此期间认识了自己的合作者小林诚一。他和小林诚一起进行自发对称性破缺的实验。益川敏英在一次洗澡的时候突然想到"六元模型"，凭着"六元模型"的实验成功，益川敏英和小林诚一起获得了 2008 年的诺贝尔物理学奖。

2008 年 12 月举办的诺贝尔奖颁奖晚会，是益川敏英第一次去国外旅行，因为在这之前，所有的外国学术会议，益川敏英都会以自己英语不好，进行不了英语演讲而拒绝。现在看来，英语不好对于益川敏英来说又有什么关系，只要他找到了自己胜过别人的地方，而加以持之以恒的努力，就一定能够最后成为享誉世界的物理学家。

人可以白手起家，
但不能手无寸铁

■ 鲁先圣　作品常见于《青年文摘》《思维与智慧》等，教育部"十一五"课题文学专家，山东省作家协会会员。出版有《原上树》《点亮青少年心灵的人生感悟》等。

　　我们常常说："人可以白手起家，但不能手无寸铁。"这里的"铁"，就是一个人立身处世的资本和能耐，也可以说是你创业的本领。

　　哈佛大学教授哈恩曼曾经这样说：即使你再羸弱、再贫穷、再普通，你仍然拥有别人羡慕的优势。对于梦想成真的人来说，不是缺少才能，而是缺少对自己才能的发现，缺少对自己人生价值的开发利用。

　　美国人马克·吐温作为职业作家和演说家，在文学领域和演说领域取得了极大的成功，成为世界范围内受人尊敬的文学和演说大师。但是，在他选择文学和演说之前，他曾经试图成为一名商人。他先是投资开发打印机，花费了整整 3 年，最后把千辛万苦借来的 5 万美元全部赔光了。他又发现出版商因为发行他的著作而赚了大钱。他很不服气，心想，我自己写了文章自己出版发行，所有的利润不都是自己的吗？为何不自己开一家出版公司呢？他于是又投资开了一家出版公司。但是，他不知道，写作与经商是截然不同的两回事，他很快就因为债务陷入了困境，出版公司破产了，他也陷入了更大的债务危机当中。

经过两次经商失败的打击，马克·吐温终于认识到自己经商的无能，他彻底断绝了经商的念头。痛定思痛，他发现自己没有找到自己的强项，自己有写作和演讲的才能，而自己却没有很好地使用。到全国巡回演讲，在演讲的间隙里埋头写作。很快，风趣幽默的马克·吐温声名大噪，成为全国知名的演说家，脍炙人口的作品也迅速走红。

美国政治家富兰克林说："宝贝放错了地方就是废物。"马克·吐温开始经商的经历就是把宝贝放错了地方。尺有所短，寸有所长。你也许兴趣广泛，掌握多种技能，但是，在所有的长处中，总有你的强项。成功者的原则是：去选择最能够使自己全力以赴的、最能够使自己的品格和长处得以充分发挥的职业。因为，唯有充分利用了自己的长处，才能够让自己的人生增值；相反，你总是选择自己的短处，你的人生就只能贬值了。

很显然，一个人的成功，来自于对自己优势的发现，来自于对自己所从事事业的专注和投入，来自于对自己事业的无怨无悔！而这些，是一个成功者必备的人生之"铁"。

当你发现培养了自己手中之"铁"的时候，等待你去采摘的，都是人生甘甜的果实。

从最后一道题开始做起

■ 朱成玉，作品常见于《读者》《特别关注》等。曾获首届"意林杯"龙源国际文学创作大赛一等奖。《读者》杂志"最受读者欢迎文章"奖。曾有多篇文章被选入中高考试卷。

在年底评选"办案能手"的时候，我又一次无可争议地摘取桂冠。这已经是我连续 5 年获此殊荣了。在单位里，人人都知道我是最忙的，却也是把工作打理得井井有条的那一个。我办的案子最多，工作也最有效率，忙得一头汗水的同事向我取经，我说这一切都是因为小时候考试怯场造成的。在同事惊愕的表情里，我为他讲了自己"从最后一道题开始做起"的故事。

上小学的时候，每次考试我都会怯场。考场那种严肃的气氛让我双手不自觉地就不好使了，脑子里一片空白，害得自己总是答不完试卷。本来平时学习挺好的，结果却总是考试考得很不理想，甚至不及格。一个学生学得好坏，毕竟要靠考试来检验的，学得再好，考试不过关，一切就等于零。因为怯场，我吃尽了苦头。

　　我和老师说起自己的苦衷。老师教了我一个办法，他说，再考试的时候，你从最后一道题开始做起，因为后面的题总是最重要的，分值也多，即使你最后没有做完，剩下的也是前面的填空之类的小题，扣的分数也不至于那么多。这个办法还真管用，我在以后的考试中，都用了这个办法，考试成绩上来了，而且一点一点改掉了这个怯场的毛病。

　　从最后一道题开始做起，老师的意思是让我挑那些重要的题先做。现在想想，老师教会我的不仅仅是答题的技巧，更是一种做人的态度。人生不也是这样吗？人活一世，有许多重要的事情等着你去做，你可以先把别的无关紧要的事情放一下，转而从那些重要的事情开始做起，那样你的人生，一定会交出一份令人满意的答卷。

　　事实证明，"从最后一道题开始做起"这个理念在我的人生经历中给予了我很多帮助。每当繁杂的工作压过来的时候，我不是盲目地想到什么做什么，而是冷静地坐下来，仔细地将它们分门别类，挑出最重要的先去做。

　　人生有太多繁杂的目标，人人手里都应该有个"分拣器"，把轻重缓急的目标做一个梳理，科学地去规划，最后，你会梳理出你的"最后一道题"，先把它做完。然后回过头来，继续分拣，依此类推，人生的难题，自会迎刃而解，逐个击破。

　　在我所办理的案件中，有很多是因为那些鸡毛蒜皮的小事所引起的民事纠纷，因为双方都不肯让步，有些案子很难调解，一拖就是好几年，害得双方半辈子没有消停过，人也老了，什么事也没有做成，变成庸庸碌碌、婆婆妈妈的小男人小女人。究其原因，就是他们没有选择人生最重要的题，而是选了无关紧要的题先做，从而让那些无意义的事情拖累了自己。

　　人生的试卷上也有很多问题，这些问题有轻有重，寄予着人生的种种思考。等你把最重要的问题答完了，再回过头去，定会有一种"一览众山小"的感觉。这个时候你会发现，那些所谓的"难题"，不过是被你踩在脚下的一块块石头。

人生有限，在有限的时间里，你要先挑那些重要的事情去做。只有有效地安排了你的人生，才会使你的人生波澜壮阔，蔚为壮观。

和你相信的价值一起前进

■ 朱砂，作品常见于《青年文摘》《读者》等，《有一种情，叫相依为命》和《打给爱情的电话》先后被评为《读者》杂志"最受读者欢迎的作品"。《5点45分的爱情》获2008年中国晚报作品新闻副刊金奖。。

31 岁的安德鲁·戈登是一名普通的英国人。一个偶然的机会，戈登无意间发现酒吧的桌子下面垫着几张餐巾纸。原来，桌子脚与地面接触的部位不是很吻合，导致桌子总是摇晃，服务生只好在桌脚下面垫了几张餐巾纸。

戈登觉得这事儿很有意思，于是开始构思一种小装置，用来调整桌腿长度，让桌子平稳。他当场找来一个装燕麦片的纸盒，开始尝试，直至找到合适的形状和厚度。

后来，戈登改进了他的小装置，并将其命名为"桌子防摇器"。事实上，这个装置很简单，仅由8片塑料制成，可根据桌子的摇晃程度进行调整，对桌脚起到固定作用。虽然命名为"桌子防摇器"，但这一装置同样可以用来固定书柜、花架、床铺等一系列器皿和家具。

2005 年，戈登兴奋地报名参加英国广播公司 (BBC) 商业台的创意商机节目。当戈登拿着他的装置，向评委们解释这一独特的发明时，评委席上爆发出一阵善意的笑声。节目主持人说，这是他听到的最荒诞的想法，有人甚至戏谑地把这一创意称为世上最可笑的发明。

从节目现场回来，戈登有些沮丧，觉得自己在大庭广众之下被嘲笑是一件很没面子的事。但有一点他深信不疑，那就是这东西的市场一定不小，因为几乎所有家庭和公共场所都有桌椅台柜什么的，而只要有这些东西的地方就一定用得着它。

事实果然不出戈登所料，没有采用任何广告宣传的桌子防摇器，短短一个月内就在网络上获得超百万次的点击率。人们纷纷表示要购买这种小东西，因为这种小东西是他们的家庭所必需的。

渐渐地，戈登的客户越来越多，连英国王室都对这一小发明产生了兴趣，英国考试协会一次就订购了 20 万个桌子防摇器。

有一句话说："每天，和你所相信的价值一起前进。"瞅瞅我们周围，就会发现，其实生活里许多看似荒唐的行为中都存在着巨大的商机，我们所做的，就是像戈登那样，哪怕全世界都在嘲笑你，只要自己认定了，就一定要执着地坚持下去。说不定，你人生的第一桶金就出现在这一看似让人啼笑皆非的荒唐行为里。

人生由自己打造

■ 吕保军，河北省作协会员，中国音著协会会员，作品常见于《格言》等。出版有《鲜花掌声与闻鸡起舞》《吹着口哨起床》等。

  斯坦福大学是一所被世界公认的美国最杰出的大学之一，它每年都会通过多种形式邀请一些著名企业家来校讲学或当评审顾问等，以此加强大学与各公司企业间的联系。奇怪的是，几乎每个来斯坦福大学的公司老总，都会再三叮嘱校方关照一位名叫彼得的大学生，并且在百忙中还要抽出时间亲自去探望彼得，关切地询问他的学习情况，言谈话语中坦率地透露出，等到他大学毕业了，是否可以优先考虑到他们的公司去上班。

  曾有热心人做了一个统计，彼得尽管才刚刚上大一，就已有十几家全美著名公司为他预留了职位。这等于说，彼得还未毕业，就已经免去找工作的后顾之忧了。不用四处投简历，不用应聘面试，甚至没有试用期，这怎能不让同学们眼红羡慕呢！他们经不住好奇心的驱使，经过一番明察暗访后，得到的结果令他们惊讶万分。据说消息绝对可靠，这个其貌不扬的彼得，竟然是享誉全球的"股神"巴菲特的次子！巴菲特凭借自己独特的投资经营天才，在证券场上摸爬滚打数十年，一跃成为闻名世界的亿万富翁。看不出，彼得竟是个口含金钥匙出生的富二代，试想，怎能不让全校师生们另眼相看呢？

可是升入大二后，大学校园里就再也没有看见彼得的身影，原来，他辍学了。大伙纷纷这样猜测：凭着他那么高贵富有的身份背景，说不定，早已在某大财团里任职做了董事呢。年纪轻轻就已事业有成，肯定是过着穿戴皆名牌、出入有香车、娱乐场上挥金如土、温柔乡里美女如云的神仙日子。你想想，家里趁的钱几辈子都花不完，不躺进金银堆里潇洒快活，又能怎样呢？

可是不久就有人发现，彼得辍学后租住在一间狭小的公寓里，独自一个人鼓捣起钟爱的音乐来。有时，他频繁出入各大广告公司，推销自己创作的音乐作品，因为作品的好坏跟人家争得面红耳赤。他身边不但没有香车、美女，穿着也很平常，座驾是一辆破旧的二手车，仿佛一个贫困的失业者。难道他在父亲面前失宠了？

没有人知道，当人们都认为彼得背倚大树好乘凉的时候，他却为自己有个富翁父亲而苦恼，因为他不想活在父亲的影子里。当初被斯坦福大学录取时，他本以为是凭借自己的实力考取的，很有些沾沾自喜的样子。等他来学校报到时才知，他之所以能够进入斯坦福大学，是因为父亲的朋友、时任《华盛顿邮报》的发行人格雷厄姆为他写了封推荐信。这一下，犹如兜头浇了一瓢冷水，让他从头一直凉到脚跟。本来彼得还踌躇满志地暗暗发誓，一定要争气，把每门功课学好，以优异的成绩毕业，然后抛掉父亲的光环，去做一番瞩目事业证明给他看。但是现在，他发现事实并非自己想的这么简单。因为在华尔街，到处都是父亲的朋友，他们每次到斯坦福大学来，都会不厌其烦地关照自己，并为他预留职位等。这让彼得高傲的自尊心备受打击。彼得清楚地知道，他们这样做，无非是想卖老爸的面子，赚取一份人情，并非自己真有胜任那个职位的能力，这跟能力无关。

他想，就算以后，我是靠自己的能力打拼成功的，别人也会说三道四。事实也在那儿摆着，就算我不想依赖父亲，可难保不会有人暗中为我走后门，就像这次被斯坦福大学录取。这可怎么办呢？经过一番深思熟虑之后，彼得毅然选择了辍学。他从小就非常喜欢音乐，在音乐方面有自己独到的见解，所以他想要完全脱离开父亲的一切，然后凭借自己的能力闯荡出一番崭新天地。起步的艰难可想而知，为了生存，他开始做广告音乐，但是没有人赏识他辛辛苦苦做出来的曲子，有时他连饭都吃不饱。可以说，一个无名小子在创业阶段所必经的种种磨难，他都经历过了。每当撑不下去的时候，他就想：难道离开父亲我真的就活不下去吗？不，我绝不认输！这是上帝对我意志力的考验，他想看看我没有父亲的庇佑是否一样能混出名堂来，我不能做懦夫，一定要为自己争口气！这样一想，他就又有了重新开始的勇气。他一边做广告音乐养活自己，一边向自己灵魂深处所追寻的音乐风格迈进。就这样，他过了近10年籍籍无名的生活后，终于在1987年发行了第一张专辑。此后，他又凭借为《与狼共舞》等好莱坞影片谱写音乐而一下子声名大噪。最近，彼得出版了一本书《人生由你打造》，介绍了自己与作为投资家的父亲的不同之处，选择音乐之路，并最终取得成功的经验。

也许有人会说彼得很傻，有个亿万富翁父亲，想要什么样的成功不是唾手可得，吃那份苦又何必呢？彼得却说，只有靠自己的双手，才能活出人生真正的价值！通过近十年的艰苦努力，我终于成功了，这样的成功让我拥有的是双重的财富。除了挣来物质与金钱、名声之外，我还享受着打拼过程中的每一份喜怒哀乐，这弥足珍贵的精神财富，也是我的无形资产。当我面对挫折失败一次次勇敢站起，就拥有了百折不挠的坚强意志；当我从零开始白手起家，就拥有了勇于进取的自信和耐力，我才能时刻保持成功后的清醒，珍惜今天的拥有。我觉得我的胸怀是最博大的，心灵是最坚韧、最充实的，我经受得起生活中的任何磨难，同时也用咀嚼成功的心态，来尽情享受这份来之不易的幸福。

通常认为，亿万富翁的子女都是含着金钥匙出生的，根本用不着付出任何劳动，就能过上优裕的生活。实际上，谁如果这样想的话，眼界就太狭隘了，这把金钥匙有可能成为一把插在你后背上的"银匕首"，让你变成只会享受荣华富贵的笨蛋。要知道，父辈的财富是他们靠一点一滴的努力打拼出来的，谁也不可能骑在父辈的肩膀上坐享一生。作为一名富二代，假如你不想碌碌无为地消磨一生的话，就一定要想方设法摆脱父辈的光环，勇敢地拔出插在后背上的"银匕首"，去打造属于自己的精彩人生！

打开你身前的门

■ 王国军，作品常见于《青年文摘》等，南充市作家协会会员，成都市微型作品协会成员。国内外各大报刊上刊文 130 余万字，入选中考语文试卷 3 次、各类丛书 200 余篇。

美国总统德怀特·艾森豪威尔小时候最喜欢做的事情就是去舅舅家，从那里他可以学到很多书本上没有的知识。

舅舅也知道艾森豪威尔的理想是做一名将军，所以艾森豪威尔每次来他都准备了很多励志的故事，艾森豪威尔每次都听得津津有味，而且有所收获。看到艾森豪威尔一次次在进步，舅舅脸上露出了满意的笑容。

一个周末，艾森豪威尔很早就来到舅舅的家里，在了解到艾森豪威尔是不喜欢学校里的军训逃到这里来之后，舅舅顿时心里有了主意。

下午，他带着艾森豪威尔去了乡下的老家。第二天早上，他起来做的第一件事情，不是刷牙洗脸，而是把院子的所有门打开。

艾森豪威尔跟在他后面，看着他一扇一扇地打开门，心里诧异极了。

"这是我每天所做的第一件功课，几十年来我从未放弃过，也因为这样，我一步步进步，才成就了现在的辉煌，知道这是为什么吗？"

艾森豪威尔摇摇头。舅舅微笑着说："人的每一天其实都是在打开身前的门，你要知道，这是必须做的。打开身前的门，你才发现，前面又是新的阳光了，不论你以前是失败还是成功，你都站在一个新的位置，所有人的机会都是平等的。于是，你才会坚持下去，因为你深知走下去，前面还是你的天。"

艾森豪威尔恍然大悟，从此没再逃避过军训，也正是舅舅的这番话，这种精神激励着他一次次向前，不满足，不放弃，最后登上了美国总统的宝座。

艾森豪威尔在成名之后，多次去看望舅舅，他也像舅舅那样，每天起来，头一件事就是打开身前所有的门，因为在他看来，打开身前的门，不仅仅是一种习惯，更是一种智慧，一种敢于放下往事的包袱，去追逐未来的雄心大志，因为只有一步步坚强地走下去，前面才是自己的光明大道。

熬过生命中的冬季

■ 徐立新，教育部"十一五"规划课题组专家，作品常见于《特别关注》等。迄今已发表各类作品近 100 万字，部分改编为电视散文在中央电视台 10 套"子午书简"栏目播出。出版有《大爱故事》等。

阿拉斯加丹那利的冬天是大自然杀生的时节。因为紧邻北极，这里的冬天异常寒冷，气温常会降至摄氏零下 20 度，此时，所有生活在这片土地上的动物都面临着同一个难题，即如何抵御寒冷，熬过酷寒。

为了避开恶劣的天气，许多小动物都要躲到地底深处，冬眠或尽量静止不动，以减少内耗，其中有两种小动物的越冬方式最令人惊叹和深思。

第一种便是林蛙，作为丹那利唯一的两栖动物，林蛙熬过寒冷冬季的方法，是将自己的身体完全"冰冻"起来，以"冻"制"冷"，和河中冻结起来的冰块混为一体。

为了能把自己"冰冻"起来，林蛙要付出常人所无法想象的代价和痛苦——跳入一片即将封冻的冰冷河水中，然后，一动不动地浸泡在其中，一直等到严寒下降到足以把它连同河水一起冻僵、冻结起来。

而林蛙之所以要这样做，是因为它在被冻僵的过程中，随着体温的不断降低，会自动分泌出一种糖液物质，这种物质能慢慢覆盖住林蛙的全身，形成一层厚厚的保护膜，以保证它自身体内所有的重要器官，在即将到来的更严酷的低温下不被冻破裂。只要护住这些重要器官，即便是林蛙的表皮再受损伤，也能平安越冬。

整个"冰冻"的过程中，最难抉择的当属跳入河水中一刹那的勇气，以及浮在水面上等待被冻结的坚持。

每年都有不少没有经验的幼林蛙，因为忍受不了水中刺骨的寒冷，迫不及待地重新跳回到河边，因此不能分泌出保护液，很快就在严寒到来之时，活活被冻死。

与林蛙"冰冻"过冬法不同，另一种生活在丹那利的动物——北极地松鼠，也有自己忍受酷寒的独门之法，那就是它冬眠的过程中，会不停地颤动，收缩自己的肌肉，以运动的办法制造热能以保暖。

但令人惊叹的是北极地松鼠收缩肌肉的坚持性，它一次收缩自己的身体会连续颤抖 12~15 个小时，其间一秒都不停息，一次颤抖完成之后，稍微休息片刻后，北极地松鼠会接着进行第二轮收缩，如此反复，周而复始。

研究表明，如果北极地松鼠停歇的时间一长，它的体温就会迅速下降，进而被冻死过去，永远醒不过来。北极地松鼠的这种连续颤抖，通常是在地底下的洞穴里完成，而且很微妙，需仔细留心观察才能知晓。

一个是跳进冰冷河水等待被冻结的煎熬，一个是冬季旷日持久的坚持收缩颤动，林蛙和北极地松鼠这两种看似截然不同的御寒方法，实则都在表明同一个道理——谁也无法阻挡生命冬季的到来，上帝已经给每个生物开出了御寒的方法，虽然这些方法也许并不是什么"良方"，但只要你遵从，并且能在执行的过程中做出一定的牺牲，那么就一定能平安地度过这个季节！就如同当春季悄悄占据丹那利时，阳光会射入林蛙和北极地松鼠的床铺，渗透进它们看似僵死的躯体，融化它，让它们奇迹般地从冰冷的死亡状态中复活过来，迎接又一个花红柳绿、充满生机的崭新春天！

像风筝一样自由翱翔

■ 张珠容，作品常见于《读者》《意林》《格言》《启迪与智慧》等，中国文字著作权协会会员。作品发表在《读者》《青年文摘》《意林》《格言》《特别关注》等刊物，入选图书数十种。

　　2011年4月，在比利时首都布鲁塞尔举行的欧洲议会中，一个为高级环境会议担当长达2小时同声传译的人引起了所有人的关注，因为她是一个只有10岁的盲童。

　　盲童的名字叫亚莉克希亚·索洛尼，是一个可爱的英国小女孩。索洛尼绝对是一个不幸的人，因为自从两岁患上恶性脑肿瘤之后，她就双目失明了。

　　失明的小索洛尼对世界充满了好奇。因为看不到东西，她对声音特别敏感。6岁那年，妈妈牵着索洛尼的手到一片草坪上散步。走着走着，索洛尼突然问起妈妈："妈妈，我听到天上有很多东西在飞，是小鸟吗？还是个头很大的鸟？"

　　妈妈抬头一看，原来这是一片华裔居住区，很多中国孩子正在放风筝。她回答索洛尼："是的孩子，天上是有很多东西在飞，但不是小鸟。它们叫风筝，有各种各样的形状，青蛙、蜻蜓、蝴蝶等，它们可都是中国的宝贝呢。"

"它们真的这么漂亮吗？中国？中国在哪里？我可以到那里去吗？"

"当然，只要你学会和中国人讲话，就可以到那里跟小伙伴们玩耍……"妈妈兴致勃勃地描述着。

听妈妈讲着讲着，索洛尼的脸上流露出了无限向往："那么妈妈，我可以学习汉语吗？"

妈妈诧异极了，她没想到风筝竟然勾起女儿的学习欲望。索洛尼却一脸认真地说："只有掌握了外语我们才能了解外面的世界，是吗，妈妈？"妈妈连连说是。那天，索洛尼扎下了攻克外语的根。

本是无忧无虑的玩耍年龄，索洛尼却异常勤奋：在课堂上，她将老师讲解的内容，一字一句用小针扎出凹凸起伏的盲文笔记，以供课后复习；一回到家里，她就依靠当教师的父母的帮忙，从基本的词汇开始，逐渐攻克汉语、西班牙语、法语这三门外语。4 年过去了，10 岁的索洛尼在讲起中国的文化时头头是道："中国山东潍纺的风筝最出名，它的源头可以追溯到鲁国大思想家墨翟制作第一只'木鸢'，至今已有两千多年的历史……"

因为好学，2010 年 10 月，自强不息的索洛尼获得了当地社区授予的"最勇敢孩子"的嘉奖。而在 2011 年 4 月，索洛尼接到了一个特殊的任务：为在比利时首都布鲁塞尔召开的欧洲议会担当同声传译，将西班牙语和法语译成英语。整整两小时，索洛尼的翻译任务完成得非常出色，她甚至赢得了英格兰委员罗伯特·斯特迪的称赞："在一个规模如此空前的环境委员会会议上，一个 10 岁女孩如此出色地完成工作，简直太神奇了！"

回忆这些历程，索洛尼总会兴奋万分。"想要了解世界，不妨多学习外语。好比中国的风筝可以出现在英国上空一样，我们也可以通过学习'飞'到世界各地，了解到想了解的一切，不是吗？"索洛尼在说这些话的时候总是荡漾着一脸笑容。

窖藏起来的成功

■ 古保祥，作品常见于《青年文摘》《格言》等。至今已发表文章 300 余万字，十余篇文章选入各地中高考试题。出版有《为自己画个月亮》《杯记得茶的香味》等。

一个二十岁左右的女孩子，众目睽睽之下，呈现给评委和观众一场别开生面的舞蹈，刹那间，掌声雷动，示意着这个女孩已经取得了常人经历无数磨难而不能取得的成功。

镁光灯前，女孩子泪光盈盈，记者问的问题十分尖锐："你刚出茅庐，就取得如此顺利的成功，对你的成长是不是很不利呀？"还有的记者问道："你的作品超凡脱俗，一定是出于某个大师之手吧，快点告诉我们您的老师是谁？"

女孩子十分腼腆，一点儿也没有明星相，她尴尬地笑笑，然后声音颤抖着回答道："我的老师是我的母亲，她从小就鼓励我跳舞，不过，她不是什么舞蹈教练，只是一个普通的农民。"

记者中一阵唏嘘声，许是他们没有捕捉到满意的材料吧，话筒并没有离开女孩半步。

"我的母亲送给我的只是鼓励，她不懂舞蹈。我从小进了舞蹈班，老师也像我一样普通，还有，刚才大家提到的，这部叫《天鹅之吻》的舞蹈，其实是我多年前创作的作品，当时表演时，并没有成功。"

一部旧作？人头攒动中，记者们觉得这个女孩有些愚蠢，她完全可以说这部作品是自己如何辛苦创作出来的，凝聚了多少心血在里面，这样的材料播放出去，一定会赢得一致赞赏。

女孩子接着说道："五年前，我曾经凭借这部作品参加过市里的舞蹈大赛，却没有取得名次，当时的评委认为这部作品立意不明确，与快乐的主题不符合。这次大赛前，我斟酌再三，还是觉得自己的处女作是个精品，我重新排练了这部舞蹈，并且加了些时尚的元素在里面，就是这样。"

一个评委走了过来，在接受大家的采访时，他说道："五年前，我当时是舞蹈大赛的评委，我看过这部作品，当时之所以没有取得名次，可能与当年的社会环境不太融合，现在看来，这的确是一个十分好看的节目，祝福这个大胆的女孩子，她将自己的成功窖藏了起来。"

一份当地报纸以《窖藏起来的成功》为题目大版篇幅报道了女孩子的成功经历，在文章的最后这样写道："我们失败过的作品和经历，几乎被我们每个人扔进了心灵的荒野里，我们总会认为失败的原因只有一个，那便是自己的才力不佳，从没有人怀疑过当时的外界环境是否影响自己的成功，有时候，不是我们的作品不好，不是我们的努力不够，灯光、掌声和主观性因素都会影响我们的成功。"

你保留自己以前的作品和经历了吗？它们并不是一无是处的，有时候，成功就是将窖藏起来的经历、作品与现实的机遇环境稍加修改揉和的结果。

别被他人的话击倒

■ 高兴宇，作品常见于《读者》等，有数千篇文章在《读者》《青年博览》《青年文摘》《意林》《非常关注》等刊物发表。出版有《好运密码》《社交物语》《不自卑的世界》《借物参禅》等书。

篮坛巨星乔丹是强者，强者自有强者的性格。他曾这样向人表白心迹："如果有人取笑我，或者怀疑我……那将成为我超水平发挥的动力。"许多人，尽管躯体具有超凡的承受力，但终其一生，却无缘跻身于强者之列。究其原因，是他们缺乏乔丹这种把世俗压力变为前进动力的气度与勇气。他们在嫉妒与讥笑面前无所适从，像霜打的地瓜秧一样，再也没有生还的希望，徒留下了许多让人惋惜的遗憾。

别被他人的话击倒，是品味乔丹名言的最大感想。由此，我想起了一则故事。

有一个小男孩，他的父亲是位马术师，他从小就跟着父亲东奔西跑，一个马厩接着一个马厩，一个马场接着一个马场地去训练马匹。小男孩的就学环境就是这样的。上到初中时，一位老师叫全班同学写作文，题目是"长大后的志愿"。

当晚，他洋洋洒洒写了7张纸，描述他的伟大志愿，那就是想拥有一座属于自己的牧马农场，并且仔细画了一张200亩农场的设计图，上面标有马厩、跑道等的位置，在这一大片农场中央，是建造一栋占地4000平方英尺巨宅的规划。

他花了好大心血把这篇作文完成，第二天交给了老师。两天后他拿回了作文，第一页被批上了又红又大的不及格评语，旁边还写了一行字：下课后来见我。

脑中充满幻想的他下课后带着作文去找老师："为什么我不及格？"

老师回答道："你年纪轻轻，不要做白日梦。你一没钱，二没家庭背景，可以说什么都没有。盖座农场可是个花钱的大工程。你要花钱买地，花钱买马匹，花钱照顾它们。这是很难实现的，你别好高骛远了。"他接着又说，"如果你重写一个不离谱的志愿，我会重打你的分数。"

这男孩回家后反复思量了好几次，又征询了父亲的意见。父亲只是告诉他："儿子，这是非常重要的决定，你必须自己拿定主意。"

再三考虑好几天后，他决定原稿交回，一个字都不改。他告诉老师："即使拿个不及格的大红叉，我也不愿放弃梦想。"

转眼之间，二十余年就过去了。那位老师带了一批新学生来到一个豪华农场，他们要在这儿度过一周的夏令营时光。这座农场足足有800亩，是这个国家数一数二的。成批的纯种良马在农场里自由自在地吃草。一座占地7000平方英尺的美丽住宅屹立在农场中央。说到这，聪慧的读者们就估计出这巨大资产的主人是谁了。

无意之中，师生两人在农场相遇了。当了解到昔日的学生实现了被他讥笑的"白日梦"时，这位老师很惭愧。他说："你读初中时，我曾泼过你冷水。幸亏你有这个毅力坚持自己的梦想。"

不要被他人的话击倒，是这则故事的感想，这个感想与乔丹名言的感想是一致的。他人对你的语言打击像是一块石头，有的人被这块石头绊倒了，有的人却把这块石头当作台阶，用来摘取理想之树的果实。孰优孰劣，自不用多言。记住这一条：不论做什么事，相信你自己，别被他人的话击倒。

梦想无所谓崇高与卑微

■ 凌仕江，成都军区政治部战旗歌舞团创作员，中国散文学会会员，西藏作协会员，专栏作家。曾获路遥青年文学奖、第四届冰心散文奖、第六届老舍散文奖等。出版有《你知西藏的天有多蓝》《飘过西藏上空的云朵》等。

人活着没有什么都可以，但千万不能没有梦想。

小时候，我有一个梦想，说出来也许你觉得太小太小，不值一提，但那的确也是属于我的梦。这个梦一直被我珍藏在不被人发现的心里，当然我曾后悔将它搬到了作文里，直到有一天老师把我叫到办公室："你知道老师今天叫你来有什么事吗？"

我摇摇头。

老师拿出厚厚一叠作文本，说，你看看，别人的梦想，都是当园丁、医生、飞行员、解放军、工程师、科学家……你的梦想怎么能是拥有一双白球鞋就完事了，你太没出息了！

我太委屈，咬紧牙关，忍着巨大的悲伤，一阵风似的跑回了家，我对父母说，我不想上学了。谁也不知道，就在前一天傍晚，我和姐姐为争抢一双白球鞋，从床上打到了地上，然后跑出村庄，最终

　　我还是输给了姐姐。姐姐成绩一直比我好，这是她比我提前拥有白球鞋的先决条件。那一夜，姐姐是穿着白球鞋入睡的。那是父母卖了一对大肥猪，还清所有欠债，省下唯一的一块五毛钱买的一双白球鞋。

　　"那当然可以成为我的梦想。"我在心里轻轻地说。这个梦想有点酸、有点甜，还有点羞涩和绚烂，但它却是眼下比较实际的梦想，努力再努力一点，就能够得着的梦想……

　　梦想意味着距离，曾经那双白球鞋的梦离我看起来十分遥远，越是够不着它，得到的欲望就越发强烈，反而感觉那个梦想非我莫属。因为父亲在我迟迟不愿挪动上学的步伐时，轻声地说："目前它都不是你们的，但又都是你们的，看你与姐姐的考试成绩吧，谁考的分高，白球鞋最终就归属谁。"

　　白球鞋，请你一定要等等我，为了你，我已经顾不上上学的小径是多么崎岖，路上的风景有多么美，而一路飞奔；为了你，我已经不管油灯是多么昏暗，星星又眨了几次眼睛，而夜夜苦读。

　　努力是充实的，可也是枯燥的。望着柜子顶上高高的白球鞋，再看着自己似乎没什么长进的分数。有一天，我对着父亲说："我不要白球鞋了，我将来会有一双皮鞋，你把球鞋给姐姐吧！"父亲并没有因为我的"慷慨"而欣慰，而是沉默一阵后："如果你连一双白球鞋都得不到，你凭什么能得到一双皮鞋？"

　　父亲的话如当头棒喝。我清楚过来：与其幻想着不可能实现的梦，不如尽全力去冲刺触手可及的梦。

　　我又开始奋斗、努力，一步步向着我的白球鞋靠近。后来，考试成绩终于公布了，我比平时的考分超出了六十多分，这可是有史以来我第一次超出姐姐的成绩。那种喜悦无法比拟，我第一次实现了自己的梦。穿上白球鞋，我奔跑在炊烟飘过树木的小路上，庆幸自己没有放弃白球鞋这个看似小小的梦想。

　　时间一晃，二十年一眨眼就过去了。那双白球鞋已经只是照片上一个小亮点。现在看来，却仍让我心潮澎湃。如果当初放弃了这个看起来并不崇高的梦想，在以后的人生路上，我可能只会是一个幻想家，而不是实现梦想的人。

那个实现了梦想的孩子——我，现在已经坐在城市高楼林立的宽敞书房里，有专用的书桌、电脑和其他一切所需。而进门口的鞋架上，也整齐地摆放着各式各样的鞋子。

有的时候，我们都希望奇迹降临，但人生的路上，却永远镌刻着踏实。请千万不要搁浅你的梦想，也不要一味幻想，只要保持着前行的脚步、向上的姿势，你的梦想，就在唾手可得之处。

Chapter05 /
有眼光就有机会

　　只有活着，生命才会为灵魂安置了一个舞台。只有这舞台在，灵魂，才会上演属于人生的旷世之舞。

人生需要一个回望的角度

■ 马德，作品常见于《读者》等。有文入选小学语文教材、香港中学教材。出版有《与生活讲和》《青春是最好的方向》《把自己亮在暗处》《住在爱的温暖里》等数部。

电视里播放着二战时候的资料片，有一段画面是关于"飞虎队"的：

随着一架架战斗机的平稳落地，又是一次空战回来。跳下飞机的飞行员们都激动地拥抱在了一起，彼此庆贺着对方又活着回来。然而，其中的一位飞行员从战机上走下来后，并没有急于和大家相拥在一起。他紧走了几步，突然"扑通"一声，跪倒在地上，并深深地弯下腰去，以头抵地，然后长久地亲吻着大地……

那一刻，不知道为什么，面对着这一叩一吻的场景，我哭了。请原谅我，我的泪水不是因为一个异国的友人给了我们最崇高的援助而流下的，也不是因为他们的浴血奋战给了我们难得的和平而流下的。是的，不是因为这些。我当时感动的原因，只是我从那伏在大地上的雕塑一般的剪影中，看到一个生命对活着的最隆重最真诚的叩拜。此刻，除了活着，已经没有什么更重要了，金钱、权力、美艳、恩宠、荣耀、鲜花、掌声、尘世的一切书剑恩仇，一切的名缰利锁，在此刻，全部烟消云散。

只有活着，生命才会为灵魂安置了一个舞台。只有这舞台在，灵魂，才会上演属于人生的旷世之舞。想必，那飞行员走下飞机后，他发现，自己的舞台还在，于是，长吻大地，深深感恩。

只有明白了死的人，才会真正懂得生。

有一次，一个记者采访一位在十年浩劫中活下来的画家。画家回顾了自己在那场浩劫中所遭受的苦难和屈辱，如何被游街羞辱，如何被造反派毒打，又如何在痛苦中安慰不想活下去的家人等。我观察到，这位画家在谈论到这些刻骨铭心的往事的时候，语调平静，语速平缓，仿佛从这场劫难中走出来的不是他，而是另一个素不相识的人。没有恼怒，没有怨恨，那种超然与豁达，是超越了死之后，对生的平静地审视和仰望。

他也许早已明白了，抛却过去的仇恨，忘记曾经有过的屈辱，以一颗平静而安然的心去生活，就是对活下来的自己最好的奖赏与尊重。

然而，奔波在世俗生活里的我们并不会明白这些。更多的时候，为权钱处心积虑，为利欲钩心斗角，为得失斤斤计较，为恩怨睚眦必报，忧愁剪也剪不断，烦恼越理越烦乱，最终迷失迷乱于琐碎的生活里。

人生，太需要一个回望的角度了，譬如站在死的角度上回望生，站在苦难的角度上回望幸福，站在烦恼的角度上回望快乐，站在喧嚣的角度上回望宁静，有了这样一个回望，就会对生活有了清醒的审视，对人生有了恰当的态度，也就会懂得珍惜当下，珍爱生活，珍重生命。

成功就是不断地站起

■ 方益松，笔名方董，江苏省南京市人。中国文字著作权协会
会员、江苏省作家协会会员、多家杂志签约作家，《特别关注》
杂志社联谊会首批进驻作家、国内励志随笔期刊知名作家。文
章多次入选中考试题。

　　一位父亲去拜访禅师，请求这位禅师帮他训练
他生性懦弱的小孩。禅师说："你把小孩留下，三
个月后，我一定可以把你的小孩训练成一个真正的
男人。"三个月后，小孩的父亲来接回小孩。禅师
安排了一场空手道比赛来向父亲展示这三个月的训
练成果。被安排与小孩对打的是空手道的教练。教
练一出手，这小孩便应声倒地。但是小孩才刚倒地
便立刻又站起来接受挑战。倒下去又站起来，如此
来来回回总共六次。"我简直羞愧死了，想不到我
送他来这里受训三个月，我所看到的结果是他这么
不经打，被人一打就倒。"父亲喊道。禅师说："我
很遗憾你只看到表面的胜负。你有没有看到，你儿
子那种倒下去立刻又站起来的勇气及毅力？那才是
真正的男子气概以及成功之所在。"

　　成功的定义就是这么简单。没有摔跤，就无所

谓站起。正如，没有播种，就不会有收获的惊喜。躺下了，你看矮子都是巨人，只有站起身形，勇于攀登，你才会有一览众山小的感悟与发现。很多时候，峰回路转与柳暗花明往往就在站起身形的一瞬间。

在孩子学步时，有经验的老人总是提醒年轻的父母，不要搀扶，让孩子自己跌跌撞撞地走下去，即使摔破了皮。据心理学家分析，鼓励孩子自己站起可以有效缩短学步时间，更可以从早期培养孩子的决心与毅力。人生在世就是像幼婴儿一样不断地摔倒，又不断地站起。不断地失败，又不断地进取。摔倒了，爬起来。并且不在曾经摔跤的地方再次跌倒。人作为这个世界上最有智慧的高级动物，可以统治一切、战胜自然，但最大的敌人却是自己。被冰冷的现实屡次碰撞，并且头破血流，很少有人敢再次去触及那种刻骨铭心的伤痛。知难而退，这是人的迂回与退让，也是人的悲哀。

人不可能永远走宽敞的柏油马路，也不可能永远走泥泞的小道。关键是，在春风得意时提防急流险滩，在风雨泥泞中要站稳自己的脚步。这个世界上没有比人更高的山，也没有比脚更长的路。所谓成功就是在不断地摔倒中不断地站起，并成就最好的你。

人最宝贵的是挺起自己的脊梁。成功也就是在这不断的失败中不断地站起，从曾经摔倒的地方重新站起，从落魄与失落中站起。即使身处低矮的屋檐，低下的也仅仅是头颅，不屈的是意志。这意志是一种很奇怪的东西，即使是空手道的高手，他也只能让你应声倒下，而真正站起来却只能靠你自己。

站起，就是咬紧自己的牙关，在黑暗中看到光明；站起，就是面对荒芜的沙漠，心目中充满绿洲。站起，是一种放弃，更是一种选择。选择了坚强，你就远离了懦弱。选择了应对，你就远离了逃避。

迎着风走

■ 包利民，黑龙江呼兰人。作品常见于《青年文摘》《格言》等，教育部"十一五"课题组文学专家。多篇文章被选作全国高考或中考试卷作文材料或阅读材料。出版有《当空瓶子有了梦想》《激励奋进的学习故事》等。

一群探险者听说某地新发现一个岩洞，便兴冲冲地赶去探险。当他们爬上山坡时，兴奋的心情难以形容。一进洞，更是被洞中形成的天然钟乳岩所吸引，一路观赏，不觉越走越深。虽然岔路很多，但他们并不害怕，每到一个岔路口他们都会做一个标记。

不知过了多久，当他们的手电筒灯光暗下去时还没有穷尽洞的尽头。于是他们决定往回走，可是走来走去才发现迷路了。每一个岔路口都有标记，每条通道都似曾相识，他们有些惊慌了，因为有几个人的手电筒已经熄灭了。不敢想象在黑暗中他们将怎样摸索，更不知有什么样的命运在等待着他们。

终于，他们的手电筒全熄灭了，周围一片黑暗。一开始他们还想寻觅洞口微弱的光亮，可是走到哪里都是无尽的漆黑，他们相互牵着的手上已沁出了汗水。夜光手表显示已是晚上六点，外面应该暗下来了，靠光源找洞口的希望破灭了。而且，他们被饥饿包围着，原以为洞不会很深，所以他们没有准备食物。绝望渐渐地爬上了心头。

沉默了一会儿，领队忽然问谁有火机，有人将火机递给他。他点燃了打火机，屏住呼吸一动不动地看着那簇火苗，忽然，火苗微微地倾斜了一下。领队看了一下，熄了火机，带着大家向与火苗倾斜相反的方向走去。就这样，每到一个岔道口，他都用打火机微弱的火苗捕捉那一丝风。大家仿佛看到了希望，可是，打火机内的气很快地便使用完了。人们的心再度沉了下去。

领队忽然脱光了上身，站在岔道口，静静地感觉那极微弱的风，其他人也纷纷效仿。就这样，他们又走了许久，风渐渐大了起来，终于，他们找到了出口。人们纷纷赞叹领队的智慧与冷静。

在生活中，我们常常于挫折与磨难中陷入困境，不知何去何从。更多的时候，我们总是选择逃避，逃避打击与坎坷，可是却常是越走越艰难。那些暗淡的际遇，就像故事中黑暗的岩洞啊，只有迎向生活的风雨，我们才会在没有光亮没有路标的情况下找到光明的出路！

没有东西可以打败水

■ 朱成玉，作品常见于《读者》《特别关注》等。曾获首届"意林杯"龙源国际文学创作大赛一等奖。《读者》杂志"最受读者欢迎文章"奖。曾有多篇文章被选入中高考试卷。

日常生活中，我们常用"毫不示弱"来形容一个勇敢的人，但时时处处不示弱的人能得一时之利，有时却难成为最终的成功者。倒是有些人，凡事忍让，不逞能，不占先，心境平和宽容，能抛除私心杂念，不受外人干扰，做事持之以恒。他们即使遇到打击，也不会万念俱灰，因为心境平和，所以能处之泰然。这种人跑得不快，但能坚持到终点。就像马拉松比赛，有些人喜欢领跑，有些人喜欢跟跑，事实证明，领跑的人大多是半程冠军，在前半部分风光无限，而紧紧跟跑的人，不显山不露水，却会在最后关头脱颖而出，笑到最后。

富兰克林在参加某次议会活动时，有位议员对他大肆攻击。富兰克林并不反驳。他知道这位议员非常博学，又听说他珍藏了几部非常珍贵的书，遂表示希望借书一阅。议员立即把书送来。一星期后，富兰克林将书送还，并附了一封热情洋溢的信。

人，无论是强者还是弱者，都有被人需要、被人尊重的需求，都有超越别人获得心理优越感的需求。没有一味地"逞强"，而是"虚晃一枪"，巧妙地"退让"，富兰克林的做法既尊重了对方，也满足了对方的好胜心理，因此获得了对方的肯定。

1974 年，邓小平以中国代表团的身份参加联合国大会第六届特别会议时，个头矮小、其貌不扬的他，因"文化大革命"受迫害刚刚复出，在各国代表看来，确实是"弱者"的象征。所以很少有国家的代表去主动了解他。就连美国代表团团长基辛格在 11 年后坦率地讲他当时的印象时说："说实话，我那时不知道他是谁……甚至不知道他是中国代表团的团长。"会前，中国代表团也并未着力做"强者"的宣染，因为当时特殊的背景，中国还是弱国、穷国的形象。然而，就是以这种"弱者"的身份，邓小平刚发言便语惊四座，一个个精彩的陈述和辩论，赢得了一次次掌声。结束时，很多国家的代表纷纷走到中国代表前握手祝贺。甚至少数敌对国家的代表也不得不刮目相看，对邓小平的发言感到由衷的钦佩。弱者非弱，巧妙地隐强示弱，反而收到了意想不到的效果，扬了国威，真正显示了"弱者"强不可敌的形象，为随后的各种谈判赢得了战略主动。示弱不是软弱、懦弱、退缩，而是一种尊重、礼让和宽容。

弱者对强者的示弱。弱和强是相对的，在暂时处于弱者位置的时候，人必须示弱，以避锋芒、养精蓄锐、蓄势待发。越王勾践卧薪尝胆，最终打败吴国；孙膑遭受刖刑后，经受各种耻辱，最后终于打败庞涓；还有诸葛亮唱的以弱示强的"空城计"；蔺相如向大将廉颇示弱求得和睦，都被后世传为美谈。

在这里，示弱只是一种手段，通过示弱获得成功才是最终的目的。

老子说过，"天下之至柔，驰骋天下之至坚"，意思是天下最柔弱的东西，能驾驭天下最坚强的东西。

还说，"天下莫柔弱于水，而攻坚强者莫之能胜。以其无以易之"。

意思是天下没有一样东西比水还柔弱，但任何能够攻克坚强的东西，却都不能胜过水，世上再也没有别的东西可以替换它，再也没有比它力量更大的东西。

老子的"道"即是"尚弱、尚柔、尚下"，最终达到"无为而治"的目的。向人示威，人人都会，向人示弱却只有少数人才做得到，因为示弱更需要智慧和勇气。生活中示弱，可以小忍而不乱大谋；工作中示弱，可以收敛触角并蓄势待发；强者示弱，可以展示博大的胸襟；弱者示弱，可以积累时间渐渐变得强大。

示弱，并不代表你真正的"弱"。要知道，水是最柔软的，但没有任何一样东西可以打败水。

世界上到处都是位置

■ 鲁先圣，作品常见于《青年文摘》《思维与智慧》等，教育部"十一五"课题文学专家，山东省作家协会会员。出版有《原上树》《点亮青少年心灵的人生感悟》等。

一个中学时代的同学，在我的故乡鲁西南一所中学里教书。周末的时候，他打来电话告诉我，自己的女儿在省内一所大学的中文系读书，开学以后就要读大四了。他说，假期里他告诉女儿，现在大学毕业找工作也不好找，既然学的是中文系，就下决心写作，努力成为一个作家。

他自然而然地把话题转到了我的身上，希望我能够向他的女儿传授一些写作方面的经验，甚至是秘诀。

很久没有联系过的中学同学，打来长途电话，我很感动同学的这份信任。我询问了一些孩子的情况。我说，读中文系是一回事，成为作家是另一回事，这之间并没有必然的因果关系。我甚至告诉我的同学，我读大学中文系的时候，我所在的班级45个人，至今以写作为业的人，只有我一个，其他的44个同学，现在从事的职业与文坛没有丝毫关系。

我问同学，你了解自己的孩子吗？她对于文学是发自肺腑的酷爱吗？你感觉她有写作的天分吗？

对于我的问题，同学似乎没有认真思考过。

著名的心理学家詹姆斯有一个著名的观点：世界上大多数人都在为自己不能成为别人而苦恼。他为此详尽地阐述说，对于这个世界来说，你是全新的，以前从来没有，从天地诞生的那一刻一直到现在，都没有一个人与你完全一样，以后也不会有人与你完全一样。根据遗传学原理，你之所以成为你，是你父亲的 23 对染色体和你母亲的 23 对染色体相互作用的结果，这 46 对染色体加在一起决定了你的遗传基因。即使你的父亲和母亲注定要结婚生子，而生下你的概率只有三十亿分之一。

而这就决定了你不可能成为别人，你只是独特的你自己。事实上，我们所处的世界正是这样和谐地构成的，每一个人都有一个适合自己的位置，每一个位置都发挥着不可替代的作用，每一个人每一个职位的价值都不可低估。

事实上，我认识很多这样的人，他们年轻的时候因为羡慕那些成功的人，就想入非非地崇拜甚至刻意地模仿。甚至看到人家留什么发型穿什么衣服都模仿。看到一个作家写了很畅销的著作，就把自己关在房子里写作。看到人家做生意发了大财，就去模仿人家做生意。看到人家办企业发展起来了，也去郊外租赁一片地方办企业。

结果是显而易见的，绝大多数的模仿者都碰得头破血流。其实，很多后来杰出的人也曾经走过这样的弯路。戏剧大师卓别林刚刚出道的时候，曾经用几年的时间模仿当时红极一时的德国一位喜剧演员，可是不论怎么努力，最后大家都认为他还是没有学习到人家的精髓，模仿得不伦不类。后来，他放弃了模仿，潜心提高自己的演技，从现实生活中寻找喜剧元素，最终他创造出一套独一无二的表演风格，成为世界级的喜剧大师。

　　在这个世界上，我们应该为自己是一个独特的自己而庆幸，我们应该做的，是怎样充分利用大自然赋予我们的一切，找到那个属于自己的位置。其实，不仅仅是文学，任何一种艺术，都是自传性质的，你只有唱自己的歌，画自己的画，写自己熟悉的世界，你的那些独一无二的经验、阅历、环境、家庭背景甚至性格，才有可能最大限度地造就一个独特的你，你才有可能成为一个独一无二的杰出的人。

疯狂的执着

■ 姜钦峰，作品常见于《青年文摘》《意林》等，作品收入百余种丛书或中学生课外读本，十几篇被编入中学语文试卷，并有作品被拍成电视散文在央视"子午书简"播出。出版有散文集《像烟花那样绽放》等。

英国人格雷厄姆·帕克，19 岁时第一次接触魔方，从此他就着了魔。这个小小的六面正方体，让他魂牵梦萦，欲罢不能。后来，帕克成了一名建筑工人，娶妻生子，成家立业，但他对魔方的痴迷丝毫未减，反而与日俱增，因为他始终无法让每一面的颜色都相同。为了解开魔方，他坚持不懈，每天都要花好几小时暝思苦想，有时甚至通宵达旦。

26 年后，45 岁的帕克终于成功了。当他转完最后一块，看到每一面都是相同颜色时，帕克长舒了一口气，放声痛哭。26 年的不懈坚持，终于得偿所愿，他激动地告诉记者："我感到多年未有的轻松，简直无法向你形容这种成功的欣慰！"由于长年累月转动魔方，他的手腕一直受到伤痛困扰。

疯狂的执着！偶尔在报上看到这则报道，我心情复杂，说不出是好笑还是同情。

　　说到魔方，我们都不陌生。在法国举行的魔方大赛上，一个 5 岁的男孩技惊四座，仅用 2 分 21 秒就成功还原了一个六面魔方。这个项目的世界纪录，目前由荷兰人埃里克保持，用时 7.08 秒，据说只要掌握正确方法，普通人可以在 30 秒内解开。而帕克前后历时 26 年，足足花了 2.74 万小时，不幸成为全世界解魔方用时最长的人。

　　我家也有一个魔方，那是读小学的女儿丢弃的，已经在客厅的角落里静静地躺了一年多，布满灰尘，无人问津。女儿像当年的我一样，刚开始对神奇的魔方充满好奇，但是无数次挑战失败后，终于信心崩溃，一脚把它踢开。我忽然心血来潮，把它重新捡起来，想找回童年的梦。网上有解魔方的详细教程，文字、图片、视频应有尽有，只要对照教程练习，最多 7 个步骤就能将它成功还原。

　　第一次在网上看到教程，我兴奋莫名，就像突然得到了绝世武功秘籍的三流武士，心想这次肯定能成为绝世高手。出乎意料的是，自己的热情只保持了三天，当我坚持学到第四步时，又在中途放弃了。

　　得到了秘籍又怎样，我还是那个可怜的三流武士。小小的魔方，就像一面魔镜，能清晰照见我内心的浮躁。你还有资格嘲笑帕克吗？我问自己。一个失败者去嘲笑成功者，世上没有比这更可笑的事了。帕克确实笨得有点可爱，但是不可否认，他成功了。

有眼光就有机会

■ 朱砂，作品常见于《青年文摘》《读者》等，《有一种情，叫相依为命》和《打给爱情的电话》先后被评为《读者》杂志"最受读者欢迎的作品"。《5点45分的爱情》获2008年中国晚报作品新闻副刊金奖。

亨利从小便有一个爱好，把家里的钟表一个个拆开，看了又看，原样装上，再拆，再装。不断拆装，使亨利掌握了许多钟表的机械原理，他小小年纪就可以为村里人修理钟表了。

12岁那年，亨利看到一台不用马拉、装有蒸汽机引擎的汽车。他惊奇地围着汽车看了又看，饶有兴趣地与操作汽车的工程师攀谈。工程师一番解释，亨利才明白，煤将水烧开产生蒸汽，蒸汽再推动车轮转动。

工程师介绍的一切，令亨利向往。原来蒸汽的动力可以代替人畜的体力劳动。他下定决心，一定要造出不用马拉，靠机器推动行走的车辆。

1879年，17岁的亨利离开家乡，来到底特律，开始了汽车制造的生涯。为了积累创业资本，亨利同时做着两份工作。白天，他在密歇根汽车公司做机修工；晚上，他匆匆吃点东西，便赶往一家珠宝店修钟表。亨利发现，大多数钟表的构造可以大大简化。通过分工，采用标准相同的部件，钟表的制造成本将大大降低。一个简化部件，大批量生产，最大限度降低成本，做出更多、更好、更便宜产品的经营思路，在亨利头脑中逐渐清晰。

后来，亨利拥有了一家小型汽车公司。那时，每人负责一整套程序。比如，安装一辆汽车，装轮子、刹车、座位、引擎等工序，都由一个人完成。工作效率非常低，对个人的技术要求也很高。

一天，亨利发现，屠宰场工人在屠宰牲畜时，不是每人负责分割一头完整的牲畜，而是让牲畜在很多人面前移动，每人割下特定部位。亨利备受启发：这样的操作是否可以用在汽车生产上呢？

亨利把这一发现用在生产磁石发电机部件上。他不让每个工人组装一台整机，而是将发电机的部件放在传送带上。传送带经过工人面前时，每人都给它添装一个部件，每人每次都装配同样的部件。亨利惊奇地发现，单个工人组装一台磁石发电机，平均花费 20 分钟，而在装配线上的装配组，每人平均 13 分 10 秒就能组装一台。

亨利改革了汽车装配全过程：用绳子拴住部分组装好的车辆，拖着从工人身旁经过，工人一次只组装一个部件。世界上第一条流水生产线从此诞生。

这一非凡创举让一切改变。此前，每装配一辆汽车，需要 728 个人工小时，而亨利的流水线，使这一时间降为 12.5 小时。

在进入汽车行业第 12 年，亨利的流水线生产速度已经达到每分钟一辆汽车的水平；五年后，又缩短到每十钞一辆汽车。此前，汽车是富人的专利、地位的象征，售价很高。随着在流水线上大批量汽车的生产，汽车价格急剧下降，成千上万普通家庭进入汽车时代。

如今，由亨利创建的福特公司，已发展成业务范围涉及汽车、电子、航空、钢铁和军工等领域的综合性跨国垄断工业集团。亨利·福特被誉为"给世界装上车轮子的人"，先后受到三位总统赞誉，被《财富》杂志评为"20世纪最伟大的企业家"。戴尔·卡耐基将他推荐为"人类最伟大的成功学导师"。

亨利晚年时，在自传体小说《我的财富人生》中说："我们的机会与生俱来。那些认为没有机会发展的人，我不知道他们所指的机会是什么。机会到处存在，我们每个人生来都有机会，这一机会便是创新和发现。"

给生命一束发现的目光。真正的发现之旅，不在于发现新的领域，而在于拥有新的目光。

三十岁的芝加哥大学校长

■ 鲁先圣，作品常见于《青年文摘》《思维与智慧》等，教育部"十一五"课题文学专家，山东省作家协会会员。出版有《原上树》《点亮青少年心灵的人生感悟》等。

芝加哥大学是美国最富盛名的高等学府之一，在全美大学排名中，学术声誉排名第4，有81位校友曾获诺贝尔奖，其中包括华裔物理学家李政道、杨振宁和崔琦。

1929年，美国发生了一件震惊世界教育界的大事，美国各地的学者都纷纷赶到芝加哥看芝加哥大学的一个轰动性事件。因为，一个名叫罗勃·豪金斯的年轻人，半工半读地从耶鲁大学毕业，当过撰稿人、伐木工人、家庭教师和卖成衣的售货员。现在，他被学校董事会任命为芝加哥大学的校长了。

不仅仅教育人士都百思不得其解，社会各界也对这个决定提出了各种质疑。人们说他太年轻了，经验不够，教育观念不成熟，甚至各大媒体也加入了批评的一方。大家说，这样一个轻率的决定，也许会毁掉享有世界声誉的芝加哥大学。

但是，学校董事会丝毫不为所动，依然坚持他们的任命。他们在任命书中这样阐述他们的理由：这是一个有着崭新教育理念的青年人，他锐意进取的斗志，他求才若渴的观念，他对大学未来发展的构想打动了我们。

在罗勃·豪金斯就任的那一天，一个朋友对他的父亲说："今天早上我看见报上的社论攻击你的儿子，真把我吓坏了。"

"不错，"豪金斯的父亲微笑着回答说，"话说得很凶。可是请记住，从来没有人会踢一只死了的狗。"

年轻的豪金斯更是以人们没有想到的态度对待那些批评他的人和媒体。他乐观地微笑着告诉大家，我没有时间回答你们的质疑，因为我必须立刻投入工作，让时间来回答大家。

最终，正如豪金斯的父亲所说的那样，罗勃·豪金斯在芝加哥大学校长的位置上做得非常成功。在他做校长的时间内，芝加哥大学在世界大学中的排名突飞猛进，他聘请到了几十名世界一流的教授，他建立了世界一流的实验室，他们培养的学生受到广泛欢迎。他没有令他的父亲失望，更没有让那些批评他的人，找到任何攻击他的借口。

我们实在不能不佩服用这种态度来对待批评自己的人。不去阻止别人对他做任何不公正的批评，只是努力让自己摆脱不公正批评的干扰，专心致志地按照自己的意志做自己应该做的事，最后让事实说话。

其实，我们每一个人在自己的一生当中，都会遇到这样的批评和指责。当你成为不公正批评的受害者时，我们完全可以像豪金斯那样，乐观地一笑。

伟大的美国总统林肯如果不是对那些骂他的人置之不理，恐怕他早就崩溃了。当时正是艰苦的内战时期，各种力量都汇集到他这里，批评他立场的人和媒体非常多。现在，他当时写下的如何处理对他批评的方法，已经成为一篇文学和政治上的经典之作。第二次世界大战期间，麦克阿瑟将军曾经把它抄下来，挂在自己办公室写字台后面的墙上。而英国首相丘吉尔也把这段话镶在镜框里，挂在自己书房的墙上用以激励和鞭策自己。这段话是这样的："如果我只是试着要去读，更不用说去回答所有对我的攻击。那这个店不如关了门，去做别的生意。我尽我所知的最好办法去做，也尽我所能去做，而我打算一直这样把事情做完。如果结果证明我是对的，那么即使花十倍的力量来说我是不对的，也没有什么用。"

　　没有别的，当我们受到不公正的批评之时，我们不要去争论和回击什么，我们应该做的，是把自己的工作做好，没有比这再好的选择。因为，做好了事情，不仅仅所有的批评和质疑声音会不攻自破，那些喋喋不休的批评者更会无地自容。

雪崩前的等待

■ 王国军，作品常见于《青年文摘》等，南充市作家协会会员，成都市微型作品协会成员。国内外各大报刊上刊文 130 余万字，入选中考语文试卷 3 次、各类丛书 200 余篇。

托马斯·穆勒是德国著名足球运动员，在南非世界杯，凭借三个助攻力勇夺最佳射手金靴奖，同时他也毫无悬念地获得本届世界杯最佳新秀奖。但鲜为人知的是，穆勒还是一个环球旅行家。

在加入德国国家队后，他就多次和志同道合者到处探险。南非世界杯前，他决定好好地休整一下，便和朋友出发了。他们的目的地是道拉吉里峰。

在做好了充分准备后，大家出发了。很快，便达到了半山腰。如果一切顺利的话，三天后，他们就能登上山顶，大家都为之庆幸不已。

但是，穆勒却感到了不安。他让大家开始扎营休息，静静等待登山的最好时机，这让伙伴们十分不解。

晚上，天气开始变得异常奇怪，到处都能听到撕裂的声音。此时的穆勒清楚地知道，他们即将遇上雪崩了。伙伴们都慌了，不少人建议赶紧撤离，还有人干脆说，坐雪下滑更能争取逃命的时间。穆勒却说："现在撤退，恐怕会更危险。"有人便问："那该怎么办？"穆勒只说了两个字："等待。"见大家惊讶，穆勒便说了一个故事。

故事与他的父亲有关。那时，他父亲年轻时，也是个登山爱好者。有一次，和一群登山爱好者，去攀登一座险峰，半路上遇到雪崩，大家便赶紧逃命，坐雪下滑，却不想引起更大的雪崩，最终，有一半的队员被埋在浩瀚的冰雪中，再也没有出来。

穆勒说到这时，大家都安静下来。穆勒接着说："我想告诉大家的是，面对灾难时，逃离虽然是人的本能，但还有一种更保险的方式，那就是等待。"

因为做好了充分的准备，虽然雪崩很快来临，穆勒和他的伙伴们都毫发无损。等风雪停止后，他们便开始了前进的步伐，并且顺利地攀登上了峰顶。

回到德国后，穆勒并没有把事情诉诸媒体，他只是平静地和父母谈起这次经历，他说："这次探险的收获比我过去 20 年的收获还要多，因为我学会了怎么去从容面对生活。人生就好比一场旅行，我永远都不知道灾难会在什么时候发生，而且也不知道血肉之躯能否承受得住，所以，我只得等待，再等待。其实，等待也是一种智慧，坚持等下去，才能给自己不安的人生找到一个从容的出口。"

重拾一个机会给自己

■ 张珠容，作品常见于《读者》《意林》《格言》《启迪与智慧》等，中国文字著作权协会会员。作品发表在《读者》《青年文摘》《意林》《格言》《特别关注》等刊物，入选图书数十种。

2011年1月初，美国纽约《哥伦布快讯》的记者多拉拍摄到这样一个短视频：路旁有一个有趣的流浪汉，他手中拿着一块牌子，上面写着："上帝赐予我的礼物就是金嗓子。我是一个堕落的前任电台播音员，请好心人伸出援助之手，我将感激不尽！愿上帝保佑你！"好奇的多拉于是就请这名流浪汉在摄像机前表演一段金嗓子。邋遢的流浪汉爽快地答应了，他当场就秀起几个小段子："当你除了老歌什么都不想听的时候，那你就听一听神奇的98.9吧……广告之后，我们将有更多的好节目，请别错过……别忘记，明天上午你将有机会赢得门票，去看这个人的现场演唱会吧……"流浪汉浑厚有磁性的声音一下子就把多拉吸引住了，因为他确实拥有一副金嗓子！

回到家后，多拉迫不及待地就把视频上传网上。

让他没想到的事情发生了：短短几小时，他的这段视频点击量就突破了500万人次！而接下来的几天，各大电台争相采访起这个流浪汉，更有多个电台准备聘用他为播音主持人！一时间，这个名叫泰德·威廉姆斯的流浪汉成为大家热议的焦点，而他的起落身世更是让人啧啧称奇。

泰德出生在纽约。14岁的时候，当泰德第一次听到无线广播，就被它深深迷住了。从此之后，只要有时间，泰德就会模仿播音员的声音，自言自语地讲上半天。母亲看到儿子如此热爱播音，于是就鼓励他以后学这个专业。

泰德很争气。成年后，他果真参加了专门的播音训练。兴趣加上努力，幸运的泰德终于如愿以偿地当上一个电台的播音主持人。而此时，他也已经娶妻生子。可是，事业的顺利和家庭的美满让泰德慢慢自大起来，他开始和一群朋友天天在外面喝酒，整夜整夜不回家。

一个偶然的机会，泰德开始跟毒品接触。沉迷于毒品的他不能自拔，在花光了家里所有积蓄的情况下，他离家出走了，开始了流浪生活。为了有酒喝，为了有毒品吸，泰德开始频繁犯罪，伪造、持有毒品、盗窃、抢劫等罪名让他成为警察局和监狱的常客。而公司发现他有这些不光彩的犯罪记录之后，毫不客气地将他从电台赶了出来。

失去工作后，泰德更加绝望了。那天，他蹲在路边乞讨。可一整天过去了，泰德的面前却只有寥寥的几个硬币。正当他懊恼的时候，一个小男孩朝他走了过来，对他说："叔叔，给你面包！"泰德感激地朝他点了点头，然后接过面包狼吞虎咽起来。

"叔叔，我陪你坐一会儿吧。等你吃完，我们一起听听今天有什么好的节目。"小男孩说着，拿出一个迷你型收音机，坐到了泰德的旁边。听收音机的那一瞬间，泰德仿佛看到了从前的自己坐在播音室时的情景。他跟小男孩说起了自己的故事。末了，他问小男孩："我是不是很差劲？我还有机会像收音机里的叔叔阿姨一样再播音给别人听吗？"

"当然！您的声音多好听啊。我曾经丢失过一个收音机，可是后来我拼命捡垃圾就又攒了一点钱买了一个。丢掉了就再买一个，给自己这样的机会不就可以了？"小男孩天真地说。

丢掉了就再买一个？给自己机会？泰德一下子恍然大悟：一个小孩子都知道给自己机会，我这么大年龄了，若还沉沦下去，岂不是连一个小孩都不如？泰德决定，从此以后远离酒和毒品，为自己争取最后的机会。此时，他已经 51 岁。

整整两年，泰德再没沾一滴酒和一克毒品。白天，他就带着自己写的悔悟纸牌在街上乞讨；一到晚上，他就在自己的小帐篷里自言自语，练习播音的基本功。而这些，终于等来了多拉这个伯乐。

现在，泰德已经是哥伦布市一家地方电台的嘉宾，而全球音乐电视台 (MTV)、美式橄榄球联盟 (NFL) 和美国著名体育电视网 (ESPN) 等多个电视台和广播电台也都想聘请他当主持人。很多记者问泰德是什么让他重整旗鼓，泰德说："我已经浪费了很多美好的时间。播音是我热爱的职业，所以我在这两年里都一直跟自己说：'重拾一个机会给自己！'"

最困难时的人生箴言

■ 高兴宇，作品常见于《读者》等，有数千篇文章在《读者》
《青年博览》《青年文摘》《意林》《非常关注》等刊物发表。
出版有《好运密码》《社交物语》《不自卑的世界》《借物参禅》
等书。

1980 年，大卫在美国阿灵顿商学院读书。他的大学生活，主要靠父母按月寄来的那么一点钱来维持。

不知怎的，家里两个月没给大卫寄钱了。大卫的布兜里只剩下一枚硬币了。肚子咕咕直叫的大卫走到电话亭旁，把所有的钱也就是那小小的一枚硬币投了进去。

"喂，你好，"电话接通了，千里之外的大卫母亲说话了。

大卫带着哭腔说："妈妈，我没钱了，现在饿得慌。"

大卫母亲说："亲爱的孩子，妈妈知道。"

知道了为什么还不寄钱？大卫刚要把这个疑问怒冲冲地向妈妈说，忽然感到母亲的话音里有一股深沉悲凉的味道。大卫预感到不妙，他赶紧问："妈妈，家里出什么事了吗？"

大卫母亲说："是的，孩子，你爸爸得了重病，已经五个月了，不仅花光了所有的积蓄，而且由于患病导致工作没了，家里唯一的经济来源也断了。因此，这两个月没给你汇钱。妈妈本不想告诉你，可你大了，应该自谋生路了。"

大卫母亲说着说着，大哭了起来。

电话那端，大卫也"吧嗒"、"吧嗒"直掉眼泪，心想：看来自己必须辍学回家了。

大卫对母亲说："妈妈，你别难过，我现在就去找工作，一定养活你们。"

残酷的现实把大卫击晕了。还有一个月，这个学期就要结束了，如果能有十块八块的钱，大卫就可以熬到暑假，然后利用两个月的假期打工赚钱。可现在一分钱也没有了，必须退学了。大卫和母亲说"再见"挂掉电话前的那一刻异常难过，因为他的学习成绩很棒，并且他很喜欢阿灵顿商学院的学习生活。

挂断电话后，公用电话里传出一阵噪声，大卫惊喜地发现许多硬币从投币口涌出。大卫高兴坏了，伸出手去接那些钱。

如何对待这些钱？大卫心里直犯嘀咕，留给自己用吧，完全可以，一是没人知道，二是自己确实很困难。但考虑来考虑去，大卫觉得不该据为己有。经过一番激烈的思想争斗后，大卫把其中一枚投进公用电话，拨通了电话公司的服务电话。

听完大卫的诉说，服务小姐说："钱属于电话公司，所以必须把它们放回去。"

挂掉电话后，大卫就把钱币往回放，可一遍遍地把钱币放回去，公用电话就一遍遍地把它们吐出来。

大卫又给服务小姐打去电话，服务小姐说："我也不知道该怎么办，我现在就请示上司。"

孤独无助的大卫在电话里透出一股凄凉，服务小姐强烈地感受到了，她觉得电话那端一个品行优良的陌生人需要帮助。

不一会儿，服务小姐把电话回拨到这部出了毛病的公用电话。她对大卫说："我请示了上司，上司说这钱送给你了，因为我们公司现在人手不够，不想去为了几美元专门派人去取。"

"呀！"大卫高兴地跳了起来。现在，这些硬币光明正大地属于他了。大卫蹲下身来，认真数起来，一共9美元50美分。这些钱足够大卫支撑到暑假打工领到第一笔薪水。

往学校走时，大卫笑了一路。他决定用这笔钱买点儿吃的，然后找份活干。

转眼暑假到了，大卫找了份清理百货仓库的工作。那天，大卫找到百货公司老板，跟他讲了公用电话的事和自己找工作的想法。百货公司老板告诉大卫随时可以来上班，不只是暑假，平时学习不忙的时候也可以来工作，因为百货公司老板觉得大卫是个诚实的人，尤其是个慎独的人，清理仓库绝对信得过。

大卫干活非常卖力，老板很欣赏他也很同情他。老板给了大卫双倍的工资。

领到薪水后，大卫把钱都寄给了母亲，因为大卫此时已经得到消息，他获得了下一学期的奖学金。

一个月后，钱又寄回给大卫。母亲在信中说："你父亲的病有些好转了，我也找了份工作，能够维持生计。你要好好学习，别饿了肚子。"

看完来信，大卫又掉下了眼泪。大卫知道，父母就是忍饥挨饿，也不会反过来向需要资助的大卫要钱的。

每每想到这些，大卫就泪水直流，心澜难平。

一年后，大卫顺利完成了学业。毕业后，大卫开了一家公司，第一年，大卫就创利10万美元。大卫时刻不忘公用电话的事。他写信给电话公司："让我终生难忘的事情是，贵公司把意外的'9美元50美分'资助了我。

这一善举，让我避免成为辍学青年，走向极端贫困，同时也给了我无穷的力量，激励我时刻不忘拼搏。现在我有钱了，我想回赠贵公司1万美元，略表我的心意。"

电话公司老板比尔随即回复了一封热情洋溢的信："祝贺你学有所成，事业发达。我们认为，那些钱是我们花得最值的一笔。这倒不是指9美元50美分换回了1万美元，而是那些钱让一个人懂得了这样一个人生至理箴言：最困难的时候，一不要忘了希望就在眼前；二不要忘了坚守正直品性。"

二十多年过去了，大卫怎样了？在美国芝加哥市，有一幢豪华大楼，它的外形就像一个公用电话亭，这就是ADDC公司的办公楼。ADDC公司的开创者、现任总裁，便是大卫。大卫，同时也是菲力慈善基金会的最大捐献者之一。

扎克伯格的"天价"习惯

■ 徐立新，教育部"十一五"规划课题组专家，作品常见于《特别关注》等。迄今已发表各类作品近 100 万字，部分改编为电视散文在中央电视台 10 套"子午书简"栏目播出。出版有《大爱故事》等。

1992 年某个周四的下午，比尔·盖茨来到纽约的一所小学，看望那里的师生，并且给全体小学生做了一场励志报告。临走时，盖茨表示，自己会在某个周四的下午再次来学校看望大家，如果发现到时谁的课桌收拾得最整洁，最有条理性，谁就将会获得他免费赠送的一部个人电脑。电脑在当时还非常昂贵和稀有，大家自然都希望能得到。

因此当盖茨走后，每逢周四的下午，大家都会不约而同地将课桌收拾得整整齐齐，因为这是盖茨承诺来访的时间，而其他时候则不愿意动手收拾。但有一个学生却觉得盖茨有可能会在周四的上午就来，于是，每个周四的上午他就开始动手收拾课桌。

之后，他又觉得，盖茨也许会在除周四之外的其他日子里来访，于是他又决定每天都要收拾一次课桌，可是，每次收拾后不久，桌子便又乱了，他想，如果刚好这个时候盖茨恰巧来了，那么自己之前付出的劳动和坚持岂不是白费了？

于是，他又决定，必须让自己的课桌每时每刻都保持整洁，这样就万无一失了。

可遗憾的是，盖茨此后却一直也没能再来，其他的同学早就忘记了要继续收拾课桌，但这个学生却因此养成了一个随时保持整洁的习惯，并且从此学会了做事一定要有条理性和坚持性，这让他在后来的人生中受益颇丰。

多年后，他终于再次见到了盖茨，但这次见面，盖茨并不是为了兑现当年的承诺——送他一台电脑，而是来送给他一份更大的礼物——用2.4 亿美元购买他公司 1.6% 的股权，这还是因为他感激当年盖茨对他的无形影响而做出的让步。

不错，他创立的公司就是 Facebook（脸谱网），世界第一社交网站，而他则是马克·扎克伯格。

习惯是一个人思维和行动的真正领导者，从小培养起来的良好习惯，将会影响一个人的一生，坚持下来就意味着能踏上成功的列车。

向高考者致敬

■ 凌仕江，成都军区政治部战旗歌舞团创作员，中国散文学会会员，西藏作协会员，专栏作家。曾获路遥青年文学奖、第四届冰心散文奖、第六届老舍散文奖等。出版有《你知西藏的天有多蓝》《飘过西藏上空的云朵》等。

当"高考王"曹湘凡的经历被全国媒体曝光后，他带给社会的感慨与反思太多太多。曹湘凡是个特例，因为他有着比一般人更渴望"上大学"的梦，从 1987 年到 2007 年，20 年里先后 13 次走进高考考场。他的这份执着是令人敬佩的。他要上大学，因为他相信"知识改变命运"，他同时还认为"有过大学经历的人生"，会是个"更加完美的人生"。求进步的人都有这样简单的愿望，只是没有人表现得像他这样执着。在他身上，十多次的高考经历，可以被记者夸张地形容为一个人的战争，夫妻关系破例，孩子身边无父照看，毕业找不到工作，一大把年纪已失去进入公务员行列机会等这一系列问题浮出水面。许多人，包括一些电台主持人听了他的遭遇，不分清红皂白，直嘲笑"高考"这回事。仔细分析，我们并不能盲目将这些"问题账"统统算到高考头上。实际上，这与高考干系不大，它更多代表的是一个人的理想，或生活的一种选择。原本，他也谈不上什么失败，只能说社会在他人生的非常时期依然免不了跟他开了个玩笑。当然，社会飞速发展的今天，人才济济，竞争激烈，长江后浪推前浪，也许不少90后会用另一种眼光将他视作失败者的典范。

也许，曹湘凡在经历前三次高考失利之后，就应该迅速调整人生的坐标，改变一下战略思路，生存要继续的方式还可以有很多，只把眼光盯在一纸文凭上显得多少有些浪费了太多美好时光和心情。在这个开放多元的社会，已不能单靠一纸文凭就能打天下。但不管曹湘凡成败与否，他的坚持都给了所有参加高考者以尊重！

一则真实的报道。一个老妇人在一个山村学校拾垃圾时，一个十分瘦弱的男孩子在窗前面容苍白地望着她。班上的人放学都走光了，他因家庭贫困，交不起几十块钱的考试费而被老师留了下来。他学习成绩并不怎么好，穿着也很邋遢，在同年级的班上属于偏落后的一部分人中最不受人欢迎的学生。突然，男孩将一摞重重的书本递给了老妇人，头也不回地走出了教室。老妇人匆匆地撵上了男孩，将50元塞到他手中，并说："对不起，我不能要你的这些书本。你更没有权力放弃学业，其实，你和我一样都是不被人尊重的，可是你却给了我尊重！"

两年后，老妇人应邀参加一个慈善募捐表彰会时，一位男孩紧握着她的手，感激地说："我一直以为我这一生只有像您一样拾破烂的命运，直到您亲口对我说，我和您一样都是不被人尊重的，可是您却给了我尊重！这才使我树立了自尊和自信，从而创造了从一名落后的学生进驻名牌大学的奇迹……"很难想像，没有那一句尊重鼓励的话，这位老妇人当初即使给男孩再多钱，男孩也不会出现青春路口的巨变。原本就在那一天，男孩已经做好了放弃生命的打算。这就是尊重的力量啊！

尊重不是别人给你的，尤其在你面对失败的时候，能勇敢地面对那些比你成功的人对你的闲言碎语，你首先已经获得一分自尊。任何东西都不可能永恒，包括尊重。有些人赢得别人的尊重花费了一辈子的时间，而有些人失去别人的尊重仅在一瞬间。在失败的时候博得别人的尊重，是人生最为尊贵和珍惜的财富。曹湘凡不是失败者，因此不应该受到同类悲剧者的影响。曹湘凡只是选择了自己想要的理想生活，我们当向他不屈的精神致敬！

Chapter06
成功不是偶然

　　成功不是偶然，所谓的偶然，是千万个成功者用无数次的失败换来的。我们的身边，不乏这样的事例，也有太多的偶然，关键是，我们如何用心去品读和发现。

成功需要积累

■ 朱砂，作品常见于《青年文摘》《读者》等，《有一种情，叫相依为命》和《打给爱情的电话》先后被评为《读者》杂志"最受读者欢迎的作品"。《5 点 45 分的爱情》获 2008 年中国晚报作品新闻副刊金奖。

　　20 世纪最初的几十年里，在太平洋两岸的美国和日本，有两个年轻人都在为自己的人生努力着。

　　日本人每月雷打不动地把工资和奖金的三分之一存入银行，尽管许多时候他这样会让自己手头拮据，但他仍咬牙照存不误。有时甚至借钱维持生计也从来不动银行的存款。

　　相比之下，那个美国人的情况就更糟糕了。他整天躲在狭小的地下室里，将数以百万根的 K 线一根根地画到纸上，贴到墙上，接下来便对着这些 K 线静静地思考，有时他甚至能对着一张 K 线图发几小时的呆。后来他干脆把自美国证券市场有史以来的记录收集到一起，在那些杂乱无章的数据中寻找着规律性的东西。由于没有客户挣不到薪金，许多时候这个美国人不得不靠朋友的接济勉强度日。

　　这样的情况在两个年轻人的世界里各自延续了

六年。

六年的时光里，日本人靠自己的勤俭积蓄了 5 万美元的存款；美国人集中研究了美国证券市场的走势与古老数学、几何和星象学的关系。

六年后，日本人用自己在艰苦的岁月里仍坚持节衣缩食积累的经历打动了一名银行家。从银行家那儿获得了创业所需的 100 万美元的贷款，创立了麦当劳在日本的第一家分公司，从而成为日本麦当劳连锁公司的掌门人。他叫藤田田。

同样是在六年后，美国人成立了自己的经纪公司，并发现了最重要的有关证券市场发展趋势的预测方法，他把这一方法命名为"控制时间因素"。他在投资生涯中赚取了 5 亿美金的财富，成为华尔街上靠研究理论而白手起家的神话人物。他叫威廉·江恩，世界证券行业尽人皆知的最重要的"波浪理论"创始人。如今，他的理论被译为十几种文字，成为世界各地金融领域的从业人员必备的知识。

藤田田靠节衣缩食攒钱起家、江恩靠研究 K 线理论致富，这两个看似风马牛不相及的故事中蕴含着一个相同的道理，那就是许多成就大事业的人，他们同样是从一点一滴的努力中创造和积累着成功所需的条件。

在现实世界里，每个年轻人都有梦想，都渴望成功，然而志大才疏往往是阻碍年轻人成功的最大障碍。他们看到的只是成功人士功成名就时的辉煌，却往往忽略了他们在此之前所进行的坚苦卓绝的努力。而事实上，人世间没有一蹴而就的成功，任何人都只有通过不断的努力才能积聚起改变自身命运的爆发力。成功需要积累，这是一条最原始也最简单的真理。

哈得孙河畔的椅子

■ 包利民，黑龙江呼兰人。作品常见于《青年文摘》《格言》等，教育部"十一五"课题组文学专家。多篇文章被选作全国高考或中考试卷作文材料或阅读材料。出版有《当空瓶子有了梦想》《激励奋进的学习故事》等。

　　许多年前，纽约的一户富人家出生了一个男孩，由于家境殷实，他成长得顺风顺水。直到上中学时，他才发现了一个自己的缺点。那一天，班上的一个女同学指着正神彩飞扬给同学讲故事的他，夸张地喊："天哪！大家看看他的牙！"围观的同学立刻发出一片嘘声。

　　回到家，他照着镜子仔细看自己的牙齿，那是怎样的一口牙啊！任何两颗紧挨着的牙齿都不一般大，而且向外突出，果然是很难看。从那以后，他变得沉默了，极少开口说话，更多的时候他都是紧闭着双唇，不让牙齿暴露出来。他为此烦恼不已，常常一个人跑到哈得孙河边独坐。时间久了，他发现一个老人每天都在那里对着一棵树讲话，或者大声地唱歌。他很奇怪，有一天终于走到老人身边，老人正在慷慨激昂地演讲。等老人讲完，发现了他，便问："你有什么事吗？"看着老人的白发，他忽然涌起一种亲切感，便把自己的烦恼都讲了出来，并张开嘴给他看自己丑陋的牙齿。老人哈哈一笑，指着自己的嘴说："小伙子你看，我的牙都没剩下几颗了，可我还是能照样演讲唱歌，经常参加一些活动。你说，一个人能不能讲话、能不能讲得好，和牙齿有关吗？"

那一刻，他的心一震，心里像开了两扇窗一样。从那一天起，他开始苦练口才，并阅读大量的书籍，以充实自己的头脑，从而让自己能说出更有深度的话来。他一路走过来，在哈佛大学毕业后，不久后开始从政，并发展顺利，再也没有人嘲笑他的牙齿。因为，他懂得了用语言和能力去弥补牙齿的不足。三十多岁的时候，他的事业已经达到了令人羡慕的高度。而就在这个时候，一场灾难降临了。

那一年举家出去度假，住处失火，他跳进冰冷的河水中救人，因此患上了骨髓灰质炎，经过治疗，他的腿却永远也不能像正常人那样走路了。这对于事业上如日中天的他是一个致命的打击。他一度万念俱灰，丧失了对事业的信心与勇气。在家人的劝说下，他回到家乡的哈得孙河边散心。每天都坐在河边垂钓，河水静静地流淌，可他的心却无法平静下来。

每天钓鱼的时候，他身边总有一个中年人也在钓鱼，他坐在一把小椅子上，很是悠闲。有一天两人在等鱼咬钩的时候闲聊起来，他才知道那个人是个木匠。木匠自豪地对他说："我平生做得最好的就是木椅，什么样式的椅子我都能做，而且能做得最好！你看，我现在坐的这把小矮椅就是我亲手做的！"他看了看木匠的那把椅子，样式和做工的确都无可挑剔。木匠等着他的赞美，可他却说："要是这把椅子缺了一条腿会怎么样？它还能站住吗？"木匠瞥了他一眼，没有说话。

第二天木匠来的时候，向他扬了手中的椅子，大声说："你看，三条腿的椅子！"果然，那椅子只有三条腿，却是均匀分布，放在地上站得稳稳的。木匠一屁股坐上去，说："怎么样？三条的椅子也能站住吧！"

他却冷冷地说："如果再缺一条腿，它还能站住吗？"木匠一怔，一言不发地收拾好刚架好的鱼竿，拎起那把椅子转身走了。下午的时候，木匠又来了，手里拿的椅子竟真的变成了两条腿！木匠把椅子往地上一放，也是站得稳稳的，原来木匠在每条腿下都钉了约一尺长的横木，像两只脚一样。这回轮到他说不出话来。

第三天，他刚在河边坐下，木匠就来了，这回却带来了两把椅子。他震惊地发现，这两把椅子竟都是一条腿。一把椅子的腿极粗，像个木墩，放在地上也是稳稳当当的。而另一把椅子的腿却是极细极长，还带着尖尖的端部。木匠把细腿的椅子用手扶住，用一个锤子用力地打了几下，那条腿便被钉进地里去了，进去一半的时候，椅子就站住了，木匠往上边一坐，竟是一动不动。他看着木匠和那两把椅子，惊得目瞪口呆。木匠得意说："你看，一条腿的椅子都能站住，要是没有腿那还站得更稳呢！"

他以手撑地，艰难地站起来，向着木匠深深鞠了一躬，说："谢谢你，是你让我重新站了起来！"

他向城里慢慢地走去，有一种力量充盈在心中。他从此真的站起来了，而且站得更高，支撑他的，不是残腿，而是一种向上的精神。他在美国总统的位置上连任了四届，是的，他就是富兰克林·罗斯福，一个站在世界最高峰上的巨人。

罗斯福的智慧在于能从身边的事物中寻求到启示，并应用于自身的为人处世之中，从而成就辉煌的人生。据说他将那五把椅子收藏起来，现今陈列于美国某个博物馆中。隔着遥远的时空，我仿佛看到了那五把椅子站立的身姿。真想去看看那些椅子，让它们在我心里站成一座不倒的丰碑！

把自己炼进自己的剑里

■ 朱成玉，作品常见于《读者》《特别关注》等。曾获首届"意林杯"龙源国际文学创作大赛一等奖。《读者》杂志"最受读者欢迎文章"奖。曾有多篇文章被选入中高考试卷。

　　他每天坚持 16 小时的创作，从不放弃。

　　他将自己完完全全融入他的作品当中，跟着主人公的喜怒哀乐而或悲或喜。他们幸福，他便跟着欢欣雀跃；他们悲苦，他便跟着经历黑夜。作为一个诗人，他被自己的诗句摄走了魂魄；作为一个作家，他被自己的情节吸去了精髓。

　　文字，是他的孩子，除非它们在别的地方玩耍。但只要跳到了他的稿纸上，跳进那幸福的格子里，它们就成了他的孩子。他疼爱它们但绝不娇宠，他用自己的心磨砺它们，使它们闪现珍珠般的光泽；他用自己的灵魂熏陶它们，使它们释放如醴的芬芳。长期的伏案写作，使他的手搁在纸上，就像搁在刀刃上一样。

　　他隐姓埋名，躲起来写他的文字，朋友们找不到他。

他的早晨，永远从中午开始。

饿了，便拿起一个冷馍一根生葱，边吃边写。在外人眼中，他显得有些偏执，有些另类，执着得近乎有些"病态"。他计算成功的方式是吃苦和受罪，他拼命工作，玩命写作，自我折磨式的付出使他耗尽了最后一滴鲜血。他就是路遥，为我们剖析过人生，为我们展现了平凡的世界的人。

汪曾祺说过："人总要把自己生命的精华都调动起来，倾力一搏，像干将莫邪一样，把自己炼进自己的剑里，这，才叫活着。"古往今来，凡是做大学问的人，无不如此——心无旁骛，专心于自己的研究和创作，将自己炼进自己的剑里。

他就是这样的人，将自己炼进了自己的文字里，写出了《人生》、《平凡的世界》等气势恢宏的巨著。

全身心的投入，才能产生惊人的能量。把自己炼进自己的剑里，你便有了剑的魂，剑便有了你的魄。

把自己炼进自己的剑里，你和你的剑才有了合二为一的锋芒。

给生命一个完美备份

■ 马国福，中国作协会员，作品常见于《读者》等，教育部"十一五"课题文学专家，中华版权保护中心签约作家，龙源期刊网专栏作家。出版有《赢自己一把》《给心灵取暖》等。

　　有个朋友在电脑公司一个关键的岗位，几年来他给公司创造了不少效益，公司董事会准备提拔他为总经理助理。

　　一天下午下班后，他接到总经理的通知，第二天上班前必须按给他的策划标书连夜制作好一份重要的投标文件，那个项目直接关系到公司今后的发展，也关系到他的提拔重用。下班后他顾不上吃饭，坐在电脑前就开始编制标书。他丝毫不敢马虎大意，对每一个数字、图案甚至标点都一丝不苟，唯恐有个闪失。到了午夜，就在他即将大功告成的时候，意想不到的事发生了，公司所在的地区突然停电。由于他的电脑没有自动保存备份功能，突然断电使他精心编制的标书和文件全部丢失。他在电脑前整整等了一夜，还是没有来电。等第二天恢复通电后他赶忙按昨夜的创意编出标书时，招标方确定的时间早已过了，他们已失去了投标的资格。

朋友的一时疏忽给公司带来了巨大的损失，后来他不但没有得到提拔，反而被公司以责任心不够强为由辞退了。他怀着悔恨的心情离开了公司。临别时总经理语重心长地对他说："按能力、学识我们都信任你，但在这个瞬息万变、竞争激烈的时代，光有能力和学识是远远不够的。假如你多一份责任，在编制标书的中途备份那些失去的资料，结果会完全不一样。我们不得不遗憾地做出这样的决定，希望你以后不论走到哪里都多给自己备份一个心眼、一份责任，这是非常重要的！"

自然界中许多弱小的动物为了御寒过冬，在风平浪静的日子里给自己储备了平安过冬的食物，实际上这种储备是一种未雨绸缪的物质备份；推物类人，得意的时候给自己备份一份警惕，长路漫漫，我们不能否认荆棘与鲜花共生，而警惕之心就像一把锋利的刀，助我们披荆斩棘，一路花香；风光的时候给自己备份一份谨慎，即便前方一路坦途，我们也要保持如履薄冰的谨慎，我们不是跌倒在逆境中而是陷落在掌声中；幸福的时候给自己备份一点提醒，对于一颗容易满足的心灵来说，暂时的满足会侵蚀长久的进取；幸运的时候，给自己备份一些清醒，没有谁能永远幸运，也没有谁能一直不幸，只有那些清醒驾驭命运之舟的人，才能顺利抵达成功的港湾。

我们给人生加了很多"如果"，"如果"只是将来式，重要的是现在，现在懂得为人生备份的人，才不会为将来疏于备份而遗憾。在命运深不可测的人生棋阵，"如果"是人生的马后炮，备份则是命运的马前卒，一个微不足道的前卒，抵得上十个马失前蹄后的隆重响炮。前者是欠账，透支生命银行中太多的精神财富，使其历尽生活的风风雨雨后坍塌崩溃；后者是进账，将生命的粮仓储备得丰盈充实，即便乌云压顶，也坦然自若。

给生命一个完美备份，在生命之电不济时，对付意外的厄运的最好办法就是备份人生，在人生的死胡同里给自己留一条打开成功之门的出路。

成功不是偶然

■ 方益松，笔名方董，江苏省南京市人。中国文字著作权协会会员、江苏省作家协会会员、多家杂志签约作家，《特别关注》杂志社联谊会首批进驻作家、国内励志随笔期刊知名作家。文章多次入选中考试题。

如果，没有法国生物学家巴斯德发明的巴氏灭菌法，我们的味蕾，将会由此失去与美味葡萄酒万千次的亲密接触机会。法国报刊的这种说法，也许并不为夸张。

葡萄酒是法国人的珍爱之物，甘洌纯甜、回味悠长。但最初，葡萄酒酿成后却不宜久放。因为新鲜的葡萄酒，不经处理很容易变酸，这一切，都是源于细菌的作用。但，如何消灭这种可恶的细菌呢？在当时的条件下，这不失为一个难题。冷冻或冷藏都不行，唯一的办法就是高温杀菌。1861年，巴斯德开始着手研究这个课题。起初，他把葡萄酒放在密闭的容器里，加热到沸腾，如此一来，细菌是彻底杀死了，但每一次品尝，葡萄酒的味道都异常苦涩，几乎难以入口。经过无数次的实验，那种刺鼻的气味始终难以改变，实验陷入了僵局。

　　一天，巴斯德正在加热一锅新酿制的葡萄酒。突然，一个朋友找他有事，巴斯德不得不放下手中的实验，他叮嘱助手琼斯，把葡萄酒加热后再仔细品尝，然后，匆匆离开。这一去，就是几小时。等巴斯德回到实验室，却发现，火炉里面的燃料早已耗尽。原来，琼斯忘了在炉里添加燃料。巴斯德耸了耸肩，正欲生火重新加热，忽然，闻到实验室里有一股以前从没有过的甜甜的气味。巴斯德仔细品尝了葡萄酒，发现没有彻底沸腾的葡萄酒，不仅没有原先那股涩涩的感觉，相反，却有了一丝甜意。或许，葡萄酒不要加热到 100 度，就会保持最初的甘甜。这一偶然发现，让巴斯德大喜过望。

　　后来，巴斯德改变了最初的实验方法。他不断尝试，把葡萄酒分别加热到不同的温度，一次次对比品尝，最终，他发现：把葡萄酒加热到 55 度，才是最佳度数。这样，不仅酒质非常醇厚，不失最初的风味，还能保持最适宜的甜度。

　　一次，鲁班在爬山的时候，不小心让小草割破了手腕，由此，他发明了锯子；荷兰眼镜店的学徒利伯希在玩弄两片镜片时，偶然发现了凸透镜和凹镜放在一起具有望远功能，由此，他发明了望远镜。

　　同样是偶然。1894 年 11 月 8 日傍晚，德国物理学家伦琴终止了一天的工作。他将阴极射线管放在一个黑袋子里，关闭了实验室的灯源。然而，当他重新返回实验室，准备取回一件物品时，他惊奇地发现：当开启放电线圈电源时，一块涂有氰亚铂酸钡的荧光屏居然发出了荧光。接着，他试着用书本、薄木板以及片状的金属在放电管和荧光屏之间，仍能看到荧光，仿佛这些东西都成了透明物体。

　　经过反复研究，伦琴发现了举世震惊的"X"射线，由此，也极大地推动了现代物理学的产生。然而，极具有调侃意义的是，在这之前，一位牧师在冲洗照片时，也曾偶然发现这一奇怪的现象。但，遗憾的是，那张照片却被他当作底片问题，随手丢弃在废纸篓里。最终，牧师也得到了底片销售商几美元的赔偿。直到伦琴公布发现一种不知名的简称为

"X"的射线，他才如梦方醒。一个伟大的发现，就这样与他失之交臂。

　　一次偶然，巴斯德让葡萄酒从此走进了千家万户；一次偶然，伦琴发现了"X"射线。巴斯德曾谦逊地说："我的成功来自偶然。"爱迪生也有过"成功来自偶然，但偶然不代表成功"之说。其实，这偶然，总是经过无数次的实验，才最终被发现。成功不是偶然，所谓的偶然，是千万个成功者用无数次的失败换来的。我们的身边，不乏这样的事例，也有太多的偶然，关键是我们如何用心去品读和发现。

给人生留点悬念

■ 王国军，作品常见于《青年文摘》等，南充市作家协会会员，成都市微型作品协会成员。国内外各大报刊上刊文 130 余万字，入选中考语文试卷 3 次、各类丛书 200 余篇。

"喜羊羊之父"黄伟明，出身于广州的一个艺术之家。在父亲和哥哥的影响下，黄伟明三岁时就迷恋上了画画，那个时候，他的生活里只有两件事，一是画画，二是看动画片，从《大闹天宫》到《哪吒闹海》、《天书奇谈》、《三个和尚》、《没头脑和不高兴》，黄伟明一直都沉醉其中，且深深不能自拔。

十岁，班会课。班主任让大家畅谈自己的梦想。黄伟明第一个站起来发言："我要做中国动画第一人。"老师和同学们惊呆了，良久，老师才说："孩子，你知道吗，梦想的实现并不是一蹴而就的事情，你有为之奋斗二十年甚至一辈子的毅力吗？"黄伟明几乎不假思索地回答："我愿意，因为我爱它，就如同我热爱生命一样。"黄伟明的回答赢得了大家热烈的掌声。

1988 年，黄伟明在《中学生报》发表了自己的第一篇漫画，那一年，他才 16 岁，伴随着儿时的梦想和身体的成长，他愉悦地向自己的目标发起了冲刺。

黄伟明找到父亲，提出了到外国学习动漫的想法，父亲虽然支持儿子画画，但他认为动画是西方人的专利，而且也不希望儿子背井离乡地到外国闯荡。黄伟明说："就让我去试试吧，如果可以，也能给我一次失败的经历。"经过几年的交流，直到 1996 年，父亲才勉强答应了他出国的念头。

就这样，黄伟明来到了加拿大，边打工边学习。虽然生活很艰苦，做过很多粗活，但为了儿时的梦想，黄伟明一直咬牙坚持着。有一次，黄伟明申请到了一个在超市拖地的工作，上班的时候，被几个同学看见了，同学们惊讶地说："黄伟明，你拖地也用不着跑到加拿大吧。"黄伟明笑了，他说了一句让同学记忆一辈子的话："我今天的磨炼是为了明天更好的坚持。"

黄伟明当然知道动画和漫画才是他一辈子要耕耘的工作。学习结束后，他马上回到了中国发展，恰逢国家扶持原创动画政策出台，让黄伟明有了大展拳脚的机会。不久后，他的第一部家庭幽默情景式动画片《宝贝女儿好妈妈》便问世了，并受到了众多观众的喜欢。借着这股东风，黄伟明又成功地创造出了《喜羊羊与灰太狼》。2008 年年初，《喜羊羊与灰太狼》已制作出约 500 集，他所在的原创动力公司准备制作到 1000 期，与此同时，其衍生产品也火遍了大江南北。他也因此赢得了"喜羊羊之父"的美誉。

就在所有人都以为黄伟明会顺着这样的轨迹一直走下去，他却突然提出了辞职，之后，办起了自己的公司，准备推出新的动画长篇作品。有人怀疑，有人不解，作为一个创作人，黄伟明显然有自己的长远打算。

经过一年多的酝酿，在 2010 年年初举行的首届中国国际影视动漫版权保护和贸易博览会上，黄伟明正式推出了自己的科幻新作《开心超人》，之所以选择"超人"题材，黄伟明说："看动画片这么多年来，我一直没看到中国的超人形象，我希望能创作属于中国的超人。"

如今的黄伟明，无论是在漫画界还是影视界，都有着颇高的人气，当记者问及他的创业经验时，黄伟明说："我并不希望守着一部成功作品到老，我觉得人活着，是因为激情，激情不够了，要重新找回激情。所以，我必须在还没到巅峰的时候就离开，然后朝下一个目标全力奔跑。给自己的人生留点悬念，我想，这样的人生，才充实和完美。"

人与人之间只有很小的差别

■ 鲁先圣，作品常见于《青年文摘》《思维与智慧》等，教育部"十一五"课题文学专家，山东省作家协会会员。出版有《原上树》《点亮青少年心灵的人生感悟》等。

拿破仑·希尔是美国著名的人际学家，世界著名成功学大师。1933 年，罗斯福总统把他请进白宫，帮助自己主持著名的《炉边谈话》节目，唤醒美国人民沉睡已久的信心与活力。拿破仑·希尔为总统组建了国家有史以来最庞大的智囊团，他睿智深刻的智慧，被人们称为"当代基督"。

他有一个非常著名的观点：人与人之间只有很小的差别，但是这种很小的差别却往往造成巨大的差异，很小的差别就是所具备的心态是积极的还是消极的，巨大的差异就是成功与失败。也就是说，心态是命运的控制塔，心态决定我们人生的成败。

我们有足够的理由相信这位成功学大师的智慧。一个人具有什么样的心态，就会有截然不同的人生。如果你的心态始终是积极向上的，生命的阳光必会将你的前程照亮；但是，如果你总是消极地对待生活和人生，你所有的希望就会渐次破灭。它就像一剂毒药，使你的意志逐渐消沉，精神慢慢泯灭，失去前进的动力和方向。

日本企业家西村金助验证了这个哲学。他原是一个身无分文的穷光蛋，但是他从没对自己有一天成为富翁产生过怀疑。他始终相信自己可以成功。西村先借钱办了一个制造玩具的小沙漏厂。沙漏是一种古董玩具，它在时钟未发明前用来测量每日的时辰；时钟问世后，沙漏已完成了它的历史使命，而西村金助却把它作为一种古董来生产销售。本来，沙漏作为玩具，趣味性不多，孩子们自然不大喜欢它，因此销量很小。但西村金助一时找不到比较适合的工作，只能继续干老本行。沙漏的需求越来越少，西村金助最后只得停产。但他并不气馁，他完全相信自己能够战胜眼前的困难，于是决定先好好休息，轻松一下。

他每天都找些娱乐，看看棒球赛，读读书，听听音乐，或者领着妻子、孩子外出旅游。但他的头脑一刻也没有停止开拓的思考。机会终于来了，一天，西村翻看一本讲赛马的书，书上说，马匹在现代社会里失去了它运输的功能，但是又以高娱乐价值的面目出现。在这不引人注目的两行字里，西村好像听到了上帝的声音，高兴地跳了起来。他想："赛马用的马匹比运货的马匹值钱。是啊，我应该找出沙漏的新用途！"就这样，从书中偶得的灵感，使西村金助的精神重新振作起来，把心思又全部都放在他的沙漏上。经过几天苦苦地思索，一个构思浮现在西村的脑海：做个限时3分钟的沙漏，在3分钟内，沙漏里的沙子就会完全落到下面，把它装到电话机旁，这样打长途电话时就不会超过3分钟，电话费就可以得到有效地控制了。

想好了后，西村就开始动手制作。这个东西设计上非常简单，把沙漏的两端嵌上一个精致的小木板，再接上一条铜链，然后用螺丝钉钉在电话机旁就行了。不打电话时还可以做装饰品，虽是微不足道的小玩意儿，却能调节一下现代人紧张的生活。担心电话费支出的人很多，西村金助的新沙漏可以有效地控制通话时间，售价又非常便宜。因此，一上市，销路就很不错，平均每个月能售出 3 万个。这项创新使原本没有前途的沙漏转瞬间成为对生活有益的用品，销量成倍地增加，面临倒闭的小作坊很快变成了一个大企业。西村金助也从一个即将破产的小业主摇身一变，成了腰缠万贯的富豪。

看看西村金助成功的例子，我们会发现，他与我们大家的差别真的像希尔先生所说的那样，差别很小。但是他赚了大钱，而且是轻轻松松，没费多大力气。如果他不是一个心态积极的人，如果他在暂时困难面前一蹶不振，那么他就不可能东山再起，成为富豪。心态是一把双刃剑，是任何一个人内心都具有的基本素质。如果我们像成功的西村，始终相信自己能够行，这把双刃剑就会产生巨大的能量，引导我们走向成功。

比云更高的，还有山

■ 古保祥，作品常见于《青年文摘》《格言》等。至今已发表文章300余万字，十余篇文章选入各地中高考试题。出版有《为自己画个月亮》《杯记得茶的香味》等。

2000年12月的一天，日本东京国立中学的一间教室内，正在进行年度的作文测试，一个矮瘦的男生此时正紧张地在抽屉里搜索着一本作文书。他体弱多病，最讨厌的课程便是作文，最喜爱的事情是户外运动，攀登珠峰是他最大的梦想。

作文老师神不知鬼不觉地出现在他的面前，使他的梦想暂时停歇，当老师的手触及他的手时，他感觉有一种一脚蹬空的失落感，在失去依赖的情况下，他不得不借助于自己的空想完成今天的考试。

他凭空设想了自己的将来：自己可以在云朵上翩翩起舞，原来云朵上也是一片平坦，在地面上能做的事情，在云朵上也可以完成，你可以唱歌，可以种一片庄稼，更可以与小伙伴们一块儿玩耍，只是你需要注意云朵的间隙，那是整块云最薄弱的部分，一不小心，你就会从云朵的缝隙里掉下来。

这篇作文被老师当作范文在课堂上朗诵，老师的点评结果是：文采并不出众，但想象力丰富，只是缺乏可以实现的基础。

同学们嘲笑他的空想，说云朵是虚幻的，怎么可能上去？他下课时，带着疑惑找到作文老师，问他这样的梦想是否可以实现？

作文老师被这个小家伙的执着感染了，他低下身去抚摸着他的头，说道：科幻是不可能实现的，迄今为止，还没有人能够在云朵上跳舞。

这个叫栗城史多的小个子听完后，一阵沮丧，他每天傍晚时分，便站在村口的山坡上，看着天上的朵朵白云思考，他好想自己长了一对像雄鹰一样的翅膀，飞越苍穹，跨越云朵。

18岁那年，他开始攀登日本的富士山，体弱多病的他受尽了折磨与白眼，在无数人奚落的眼神里，他选择了执着。富士山并不高，他却登了两次才成功，第一次他的腿抽筋，打了急救电话，医生与护士风风火火地将他抬了下来，医生告诫他不要玩火自焚，他却赌气从病床上爬起来逃回家中；第二次他准备了很长时间，成功后，他不知足，觉得应该挑战更高的山峰，他的目标瞄准了珠穆朗玛峰。

这简直就是一个幻想，医生听完他的宏图伟业后直皱眉头，因为无论从身体素质、心脏搏动情况，还是体力、脚力、肺活量及肌肉发达程度，他都低于成年男子的平均水平，先天性不足的人如何挑战人类生活的极限？

但他是个不服输的家伙，他认为自己有登顶富士山的经验，况且自己的心理状态极为优秀自信，即使不成功，也可以积累登山方面的经验，哪怕真的失败，结果也不过是永远与高山葬在一起。

在攀登珠峰前，他先做了热身，加强了体育锻炼的强度，以期望提高自己应对各种困难的决心和经验，他在经历了生死考验后，成功地登上世界第七高峰道拉吉里峰。

2008年，他第一次登珠峰失败，他的身体出现短暂性的休克，且视力模糊，严重的缺氧反应差点让他失去生命，第二次，他总结了经验，在自己身体状态最好的时候出发，但事与愿违，珠峰发生了严重的雪崩，当一位遇难者的遗体出现在他的面前时，苦难、死亡的考验向雪花般袭来，由于心理接近崩溃，他退缩下来。

在两年的调整期当中，他选择了沉默与坚强，冷眼旁观亲人与家人的不理解，爱人的痛苦离开，系列变故如雪片般倾轧过来，他并没有被击倒，而是痛定思痛，暗下决心，从头再来。2011 年 11 月，在经历了两次失败后，他成功地登顶珠峰，他在日记中这样写道：看到无数的云朵在自己的脚下游荡时，我感到自己胜利了，小时候的梦想实现了，原来，比云高的，还有山。

云时常用一种高傲的姿态面对着世间万物，让你无法企及，折戟沉沙，让你儿时的梦想休克停止裹足不前。既然我们无法在云朵上航行飞舞，无法用自己的身躯去征服它的虚幻与翱翔，我们何不更换思想，高人一头，超越云的身躯。

比云高的还有山，当你有一天登上伟大的巅峰时，你会发现，云不过以虚幻的面貌在你的脚下徘徊、游荡，而你脚下所踩的，是实实在在的胜利，你可以睥睨云，让云朵在你的石榴裙下萦绕起舞，对你崇拜敬畏。

比路更长的，还有脚；比云更高的，还有山。

面具阻挡不了你的光芒

■ 刘述涛，中国作家协会会员、中国著作权协会会员。作品被
全国大小报刊及海外媒体刊用、转载。出版有《我们战胜了人生》
《抖出鞋里的沙》《第一桶金》《亮出你的红衬衫》等。

能够从成千上万的人里面脱颖而出，成为韩国
著名的 SM 娱乐公司的一员，韩庚很满足。所以在
接下来的学习中，韩庚比任何一个人都勤奋，不管
公司安排的是演唱、舞蹈、表演、作曲、演奏还是
T 台，韩庚都尽自己最大努力的做得最好。

虽然在来韩国之前，韩庚就是中央民族学院舞
蹈系高才生，但公司却要求韩庚把过去所学过的舞
蹈忘去，重新开始学习 Hit hop 和 poping 的舞蹈，
这种舞蹈需要肌肉一下一下地动，不同的舞曲，肌
肉动的部位也不样。一次，在练舞的时候动作用得
过猛，韩庚发现练完之后，自己的手臂出现了从来
都没有过的胀痛。韩庚以为是自己练得太长时间的
原故，也就没在意。可是过后几天，胳膊肘儿却越
来越痛，到医院一拍片，才知道骨折了，连医生都
奇怪，韩庚在骨折的情况下怎么还能坚持继续练习。

　　这还不算什么，最难过的是每年的春节，打电话回家之前，韩庚都要先哭过十分钟之后，再给母亲打电话，告诉母亲他一切都好，其实，韩庚在韩国的境遇并不好，因为韩国的法律对外国艺人是有限制的，它不但要求外国的艺人不能够长期待在韩国，而且对外国艺人的演出也有严格的规定。只允许三家收视率不是很高的电视台可以让外国艺人演出，所以说外国艺人要想在韩国获得成功，那是难于登天的一件事情。

　　可韩庚却不信这个邪，他总是鼓励自己要坚持下去，并且让自己最终在韩国的舞文弄墨上红起来。虽然韩庚的身边不断有当初和自己一样签到 SM 娱乐公司的人离去。每一位离去的人都拥抱着韩庚，拍着韩庚的后背说："接下来就看你的了。"韩庚大声地说："看我的，我就不信我不能够证明给他们看。"

　　证明给所有的人看，成了韩庚最简单，也最鼓舞斗志的想法。可这只是韩庚一厢情愿的想法，因为外国人出入处的工作人员盯上了韩庚。韩庚站在他们的面前一点底气也没有，因为这些外国人出入处的工作人员，就像剥蒜一样，把韩庚剥得一丝不挂的站在他们面前。他们问韩庚参加过什么演出，拍过什么广告，上过什么杂志？问完之后，无比蔑视地对韩庚说，你一个演艺的签证都没有，还想在韩国演戏？韩国你不能演了，你唯一能做的也许就是马上离开韩国。

　　没有演出，就离开韩国，韩庚做梦也不敢想。最后经纪人想出了一个折中的方法，那就是让韩庚戴着面具演出。

　　拿着经纪人递给自己的面具，韩庚眼水夺眶而出，韩庚无数次地在自己大脑中出现自己演出的情景，每一次都是自己光鲜明亮地站在台上，当掌声一遍又一遍响起的时候，自己尽情地歌唱。可现在却要戴着面具，让所有的人都看不到面具后面自己的脸。

　　看着流泪的韩庚，经纪人拍了拍韩庚的肩膀说："眼泪解决不了任何问题，要做的就是让人能够记住你，要知道，一个光芒万丈的人，那怕是戴着面具也能够让人记起！"

经纪人的话像一剂强心针，韩庚刹那间明白，戴面具并不可怕，可怕的是自己没有了动力，没有了自信！

为了让人记住自己戴着面具的脸，韩庚付出比平时更百倍的努力。终于，在韩国，有人开始注意上那个在 KM 电视台 Super Junior 的舞台上，戴着黑色和银色交加面具的男孩，中国更是有人观注并喜欢上了在外国打拼的韩庚。

今天，韩庚不但在排外的韩国凭着自己的坚强和隐忍得到了越来越多的人认可，并且被 KBS（韩国三大电视台之一）评为最受欢迎的外国人，但韩庚还是选择回中国来发展自己的演艺事业，因为韩庚知道，如果不是祖国那大批大量热爱自己并给自己力量的"庚饭"，自己根本就没有力量往前走。

为了父亲的心愿

■ 姜钦峰，作品常见于《青年文摘》《意林》等，作品收入百
余种丛书或中学生课外读本，十几篇被编入中学语文试卷，并
有作品被拍成电视散文在央视"子午书简"播出。出版有散文
集《像烟花那样绽放》等。

她出生在台湾东部的小山村，那是个相对封
闭的世外桃源，民风淳朴，人人都爱唱歌跳舞。
在这片青山绿水的滋养下，她从小就天资聪颖，
能歌善舞。

在她上中学时，父亲突然病倒住院。家里兄妹
九个，她排行老七，大的都在城里工作，小的太小
尚需大人照顾，于是她自觉承担起了照顾父亲的责
任，一边上学，一边跑医院。在病房里，唯一能打
发时间的就是看电视，父亲最爱看"五灯奖"歌唱
比赛，每逢周末一定会准点打开电视。在当时，这
是全台湾最火的一个节目。她小小年纪，却孝顺懂
事，一有时间就陪父亲看电视，然后一起讨论谁唱
得好，谁唱得不好，只有这时，父亲阴郁的脸上才
会露出少有的笑容。那天，父女俩又一起看歌唱比
赛，父亲忽然说："看了这么多比赛，我发现她们

都不如我女儿唱得好，你也可以去试试啊，一定行的。"父亲满含期待地看着她，眼里尽是疼爱，在他心里，再没有比在电视上看到自己的女儿更开心的事了。

那时，她还只是个天真烂漫的小女孩，只觉得唱歌能带来快乐，所以喜欢。参加比赛，还要到电视上唱歌，她连做梦都不敢想。在她看来，能在电视上唱歌的人都是不可思议的，就像天上的神仙一样，遥不可及。起初她说不敢去，可是父亲的心愿与日俱增，她又改变了主意，心想只要能让父亲开心就好，唱就唱吧。她壮起胆子，叫哥哥帮她报了名，准备去台北参赛。"五灯奖"歌唱比赛是一档电视娱乐节目，形式类似于现在的"超级女声"，参赛者必须经过五轮淘汰赛，称为"五度"，每一轮又分为五个小环节，称为"五关"，只有经过"五度五关"才能决出最后的总冠军。

她从未对比赛抱任何希望，心想只要父亲能在电视上看到自己，让他高兴就够了。可是想不到，她竟然越唱越勇，一路过关斩将，闯到了"四度五关"，离冠军仅有一步之遥。她每个星期去一次台北参赛，回来就去医院陪父亲。看到女儿越唱越好，父亲一天比一天高兴，还拉着医生和护士一起看比赛，"看，那个就是我女儿！"那段时间，父亲仿佛什么病都没了。可是，越到后面比赛越加激烈，她的心理压力越来越大，在"四度五关"的比赛上，当她唱到一半时，因为心情紧张，忽然忘了歌词，被淘汰出局。她哇的一声，蹲在台上哭了，觉得自己太不争气，对不起满怀期待的父亲。

经历失败之后，她跌入了自卑的深渊，决心以后再也不唱了，谁叫她唱，她就跟谁急。唯有父亲的话她从不顶撞，父亲说："你差一点就成功了，多么遗憾啊，我们都希望看到你站在最高的领奖台上。"随着病情日益加重，父亲的愿望越来越强烈。她变得讨厌唱歌，原本是一件快乐的事，却被比赛弄得那么残酷，毫无快乐可言，可她更不愿让病中的父亲失望。为了完成父亲的心愿，半年后，她硬着头皮再次报名参赛。

　　由于有了上次的经验，这次她唱得更好，一路晋级。越到比赛尾声，她就越兴奋，她知道父亲一直在看着自己，父亲的心愿马上就能实现了。可就在那时，父亲突然走了，她的精神支柱轰然坍塌，觉得父亲看不到了，再唱下去毫无意义。她逃回了家，决定放弃比赛。母亲说："傻孩子，你以为父亲走了就看不到你了吗，其实他还在看着你，如果你能完成他的心愿，他一定会高兴的。"她如梦初醒，又回到了比赛舞台，为了父亲最后的心愿，她告诉自己，一定要拿到冠军。十几天后，她捧回了冠军奖杯，跪在父亲坟前，泣不成声："爸，女儿拿到冠军了，这个奖杯是给您的！"

　　就连她自己也想不到，正是这个奖杯，把她的歌声带出了大山，为她的人生掀开了崭新的一页。而这一切，都缘于一个女儿的孝心，为了完成父亲的心愿。

　　她叫张惠妹。

经营之圣的前身是乡巴佬

■ 徐立新，教育部"十一五"规划课题组专家，作品常见于《特别关注》等。迄今已发表各类作品近 100 万字，部分改编为电视散文在中央电视台 10 套"子午书简"栏目播出。出版有《大爱故事》等。

　　他出生在日本鹿儿岛的一个小乡村，高中期间因为得了肺结核，耽误了学习，结果高考时没能考上心仪的第一志愿，最后只好上了在东京人看来只是一所很普通的"乡下大学"。

　　更糟糕的是，在大学里成绩一直很好的他，毕业时偏偏又碰上了日本经济不景气，没有任何背景和门路的他，根本找不到工作，很多用人单位在看了他的简历后，甚至连面试的机会都不给他。

　　他开始感叹命运的不公和时运的不济，变得越来越自卑。后来，在他的一位大学老师的极力举荐下，他才勉强在东京的一家小玻璃厂找到了工作，但等他上班后，才发现这家玻璃厂已经快要倒闭了，员工的工资都无法按时发放。

　　因为没有更好的去处，他只得选择留下来，先做做看。虽然是在大城市东京上班，但他依然还是一个彻头彻尾的标准"乡巴佬"，之前从未去过任何一座大城市的他，操着一口浓重的日本南方乡下口音，这让他再次感到强烈的自卑，甚至起初很多次办公室电话铃声响起时，他都不敢去接——不想让对方听出自己蹩脚难懂的乡音。

话都不敢说，自然他也就接不到什么业务了，这种状况持续了好几周。

终于有一天，他觉得自己再也不能这样下去了，于是，他大声地对自己说："没错，我就是一个乡巴佬，一个从边远的乡村大学毕业的乡巴佬，我对这个世界一无所知，但是，我可以从零开始学起，付出不亚于任何人的努力。"

正是在这种强大精神的暗示下，他开始抛弃那个曾经无比自卑的自己——电话铃再响起来时，他第一起身抢着去接。

此后，玻璃厂里的人一个个地先后都离开了，只有他坚持了下来，没想到，别人的离开正好给了他很多机会，他的业务量与日俱增。

3年后，他离开了那家玻璃厂，自己创建一家叫京瓷的公司，京瓷是一家为电脑、手机、电视等生产精密陶瓷电子元件的技术型企业。但是在烧造陶瓷电子元件时，他又遭遇到一个难题——半成品一放入锅炉中高温烧制时，产品便会像烤鱼一样，被烧得东翘西歪，导致出炉的成品惨不忍睹。

每次，他都祈祷半成品别再翘起来，可结果每次都不能如愿，他恨不得把自己的手伸进1000多度的炉子里，好压住半成品。

实验了好几百次，依旧没有找到让产品不翘起来的办法，他自卑到了极点，他恨自己太笨，如果这个难题不解决，将意味他一败涂地，血本无归。

好在，最终，他想到了用一块耐高温的特殊重块压住半成品，结果，烧出来的成品果然非常平整，没有一点的翘凸！

精密陶瓷产品研发成功后，他又要亲自去推销，当时日本的很多技术都是从美国进来的，他觉得只要自己的产品受到美国的认可就会大有市场，他决定去美国推销！

但他的英语很烂，在美国饱受挫折和嘲笑，在公共卫生间里，他甚至连美国的现代化马桶都不知道如何使用，遭到了很多人的讥讽。

但是在被拒绝了120多次后，终于有一家美国企业认可了他的产品，决定给他下一笔大单，这家企业叫IBM！

从此之后，京瓷订单不断，10年后便成为了全球知名的一家上市公司。在他52岁时，他又创办日本第二电电公司（目前在日本为仅次于NTT的第二大通讯公司），这两家公司又都在他的有生之年都进入世界500强。

如今在日本，他和松下幸之助、索尼公司的创始人盛田昭夫、本田公司的创始人本田宗一郎并称为"经营四圣"，他也是年龄最小，也是目前唯一在世就被人们尊称为"圣"的人。

不错，他就是稻盛和夫，从一个自卑的乡下青年到世界500强企业的总裁，稻盛和夫这样总结自己的蜕变和成功：抛弃一切自卑，寻找解决问题的办法，用百分百的努力和百分百的正向态度，迎接眼前所有的障碍！

努力去做

■ 高兴宇，作品常见于《读者》等，有数千篇文章在《读者》《青年博览》《青年文摘》《意林》《非常关注》等刊物发表。出版有《好运密码》《社交物语》《不自卑的世界》《借物参禅》等书。

11岁的美国女孩麦琪儿患了一种疾病，属于神经系统方面的，很难治疗。在这种疾病的压迫下，麦琪儿已经无法走路，连举手、吃饭也受诸多限制，并且日渐衰弱。医生对她是否能复原并不抱太大的希望，他们预测她的余生将在轮椅上度过。因为在医疗史上，患这种疾病的人几乎没有能够康复的。在这样一片灰色气氛下，麦琪儿并不畏惧。她躺在医院的病床上，向任何一个愿意倾听她诉说的人发誓，总有一天她会站起来走路。她还说，她要在跑道上跑出每秒9米的好成绩。

根据病情需要，麦琪儿被转诊到一所位于旧金山湾区的复健专科医院，所有适用于她的治疗方法都用上了。这里的治疗师被她不屈的意志深深折服了，他们教她运用想象力来进行自我治疗，这种方法就是不断想象自己看到自己在走路。虽然这种想象法可能不能使她走路，但至少能够给她希望，让她在缠绵冗长的病榻时日里，能有一种积极向上的精神状态。

在旧金山的日子里，不论是物理治疗、药物治疗，还是运动治疗，麦琪儿都竭尽全力配合。躺在床上时，麦琪儿也在认认真真地做想象的功课。她反复想象自己看见自己能迈步了，能小跑了，真正地像常人那样能行动了！

有一天，在她再度使尽全力想象自己的双腿又能行动时，似乎奇迹真的发生了：床动了！床开始在房间里到处移动！她大叫："看啊！看啊！看看我！我动了！我可以动了！"

此时，医院里的每一个人都在尖声叫着。他们在大吵大嚷的同时，不是去向麦琪儿道贺，而是纷纷寻找遮蔽物。旧金山大地震发生了！医疗器材接二连三倒地，窗户上的玻璃也碎裂了。在一片混乱情景下，那些被麦琪儿不屈不挠精神所感动的人们没有忘记一条，就是相信麦琪儿真的能行动了，而不是告诉她是地震在作怪！

短短的一年后，麦琪儿又回到学校上课了！她是用她的双脚走路，而不是用拐杖，也不是用轮椅。并且，她正在朝每秒9米的短跑速度迈进。瞧，11岁的麦琪儿"震动"了旧金山地区的土地，并且蒙上了一层神奇色彩。假若你也能震动大地，那么你也能做出凡人所不能做出的事情。什么样的东西能震动大地？顽强精神便是其中一种！你说是不是？

当然，旧金山大地震与麦琪儿治疗疾病风马牛不相及，两件事情纯属巧合。任何一件事情再感人至极，也不会感动大自然。但是每个人都应该有这样的想法：努力去做！说不上真的会感动天地。

像骆驼草一样精彩

■ 张珠容，作品常见于《读者》《意林》《格言》《启迪与智慧》等，中国文字著作权协会会员。作品 发表在《读者》《青年文摘》《意林》《格言》《特别关注》等刊物，入选图书数十种。

她叫刘岩，是一名出色的中国古典舞演员，她有超强的腰背肌力量和控腿技术，在圈内有"刘一腿"的雅号。2004 年，刘岩以独舞《胭脂扣》获得全国第六届舞蹈大赛的金奖。在这次舞蹈中，刘岩的特点得到完美体现，也正是这种优势和刘岩对古典文化的诠释能力，让她有机会成为 2008 年奥运会开幕式独舞《丝路》的 A 角演员。

2008 年 7 月 27 日晚上 9 点，是刘岩永远无法忘记的时刻。在奥运会的彩排中，刘岩因为一个舞蹈配合上的失误，从三米高的舞台上摔了下来。这个时候，距离奥运会开幕仅仅只有 12 天。刘岩对奥运会表演的一切憧憬，都在这一秒的失误之后发生了彻底改变。

意外发生后的第一时间，刘岩就被急救车送往北京解放军 306 医院，医生对她进行了长达 6 小时的手术。术后，医生对刘岩的诊断结果是：胸十二部位受损，胸椎以下高位截瘫！这个结果，给了刘岩一个巨大的打击，她怎么也不相信，以后自己就要生活在轮椅当中！

在接下来几个月里，刘岩一直不敢面对这个事实，她始终存在一种侥幸心理，觉得自己有重新站起来的那一天。直到三个月后一个人的来访，彻底把这个空存的梦想打破了。

在刘岩受伤后的第三个月，美国一个名叫"瑞"的医生来看望她，并给她的腿判了死刑：她将再也没有站起来的机会！瑞医生并没有用安慰的方式跟她说话，相反地，他给了她这样的建议："你要怀一颗感恩的心来面对这次意外，因为你是不幸中的万幸。试想如果你再往上摔15公分的话，那么连你的手都不能动了。你现在可以做的不仅是康复训练，你还可以学习、工作，甚至是结婚生孩子！"刘岩听到这话后，先是一阵愤怒：凭什么这个医生说自己站不起来了？可是细细推敲后，她不得不承认，一直以来，自己都是处在幻想的状态中，天天希望自己的腿会奇迹般地好起来。可是奇迹不会这么容易降临。"为什么我不能以正常人的心态来对待这场灾难？是的，我很庆幸，至少我的手还很健康，我还可以做很多的事情！"瑞医生的残忍建议让彷徨中的刘岩开窍了，她终于能够正视自己的残疾，勇敢面对已经发生的一切。

这次受伤让刘岩没有办法翻身，只能以一个姿势睡觉。为了改变这种现状，刘岩不断努力借助腰的力量来带动胯，然后让胯带动腿，再结合手的帮忙，学会了独立翻身。现在的刘岩，已经可以很轻松很流畅地做这些刚开始想都不敢想的动作。

康复训练很痛苦，也很枯燥，刘岩时刻都想回归原来的生活，回归现实的社会。2009年2月2日，耐不住寂寞的刘岩推出了受伤后的第一组写真照片。

经过6个月的调养，刘岩开始频繁地参加社会活动。其间，她担任过中央电视台舞蹈大赛的评委，并先后获得"全国五一劳动模范"、"五四青年奖章"等荣誉。2009 年 3 月 23 日，刘岩在出席华鼎奖颁奖典礼的时候更是提出了一个大胆的设想：要考取博士学位！经过自己的不懈努力，刘岩已经通过了初试和复试。其实，刘岩也曾担心过考不上，但是她总给自己一个信念：今年考不上，我可以明年再考，明年考不上，我后年还会继续努力！

北京舞蹈学院为刘岩开设了"中国古典舞手舞"课。在这里，刘岩不断地探寻古典舞的精髓所在。兰花指、剑指、轮指……细微的舞蹈动作都是她要探寻和整理的。出院后不久，刘岩就开始编排第一个手舞"最深的夜，最亮的灯"。这个舞蹈以奥运会开幕式彩排中的意外受伤为题材，展现了刘岩在痛苦的黑暗中寻找光明的艰难历程。受伤后的刘岩终于又开始了舞蹈，在舞蹈领域里找到了自己的表达方式！

刘岩受伤时，张海迪曾送给她一件礼物——一本名叫《骆驼草》的书。在书里面，张海迪特地备注了骆驼草的特点：骆驼草，身躯矮小，但是根系非常发达，扎根极深，不怕风沙，不怕干旱，即使一年不下雨，也不会枯死。在恶劣的环境下制止了风沙的流动，这不正是这些病残人的真实写照吗？这本书是刘岩最喜欢的礼物，在受伤的几个月里，她几乎天天捧着它看。

是的，尽管刘岩不可能再行走，但是她用自己的生活方式诠释了如骆驼草一般的坚忍。怀揣着一颗感恩的心和一颗积极向上的心，轮椅上的刘岩跳出来的舞蹈将更加精彩！

Chapter07
别怕，黑暗一捅就破

　　每个人的人生都会或多或少地经历一些黑暗，面对那些黑暗，亚瑟王悲观地说："我不相信有天堂，因为我被困在这个地狱的时间太长了。"泰戈尔却乐观地说："如果黑暗中你看不清方向，就请折下你的肋骨，点亮做火把，照亮你前行的路。"

上帝只给他一支画笔

■ 方益松，笔名方董，江苏省南京市人。中国文字著作权协会会员、江苏省作家协会会员、多家杂志签约作家，《特别关注》杂志社联谊会首批进驻作家、国内励志随笔期刊知名作家。文章多次入选中考试题。

从小，他就没有给亲戚朋友们留下好印象：顽皮，好动，不讨人喜欢。而且，不管是在自己家里，还是亲戚家里，墙壁和家具上，总是被他用铅笔或者水彩笔涂抹乱画，搞得一团糟。

上学后，他更是备受老师和同学们的冷落。他沉默寡言，成绩也总是在全校排名倒数。课本上，被他画满了各种表情的人物，为此，他没少受到老师的责骂。一个简单的生字，他默写的总是倒笔画，而且张冠李戴、缺胳膊少腿；一篇短短的课文，同学们朗读几篇就可以轻松背诵，而他，却总是丢三落四、溃不成军。

每周一次的班会，他的父母总是要被例行请到老师的办公室，面对老师的指责，垂首弓腰。甚至即使是假期的补习班，他也不断地被辅导老师劝退。但是，他对漫画却有着强烈的爱好，4岁时就喜欢在稿纸上涂涂画画。

念中学的时候，他像一个皮球一样，被所有的学校踢来踢去，连最差的学校也不愿意要他。为了儿子的学业，父母不得不求爷爷拜奶奶，人前人后，说尽了好话。在这期间，他陆续在装订的草稿纸上画了好几本独创的漫画，尽管不被任何人看好。

由于升学无望，再加上为了谋求生计，他不断地变换工作。最初，他在玻璃厂做过拌料工，后来在澡堂传过毛巾，在电影厂卖过票，在冷饮厂包过冰棒，甚至在百货站跟车装卸货物。但即使在这一段人生最为艰苦的时光，他依旧没有停下过手中的画笔。

1985 年他入伍服役。在军中的每个晚上，熄灯后，他蒙着头，钻进被窝，用手电筒照明，偷偷创作了《双响炮》，并且同年连载于台湾《中国时报》，由此引爆了台湾乃至世界上第一波四格漫画热潮，并且逐渐成为当今漫画界最受瞩目的新人秀。

他的漫画《醋溜族》专栏连载十年，创下了台湾漫画连载时间最长的纪录。其漫画作品《双响炮》、《涩女郎》、《醋溜族》等在内地青年男女中影响极大。并且其多篇作品被制成同名电视剧，受到很多人的喜欢。

是的，他就是朱德庸，台湾最著名的漫画家。面对记者的镜头，他曾经坦言，在长达十几年的学生时代，即使是他自己也认为自己很笨。直到长大了，他才知道，那是因为自己对文字类的东西接受能力很差，只有对图形的东西才特别敏感。

每个人的心目中都有一个上帝，这个上帝就是你的理想与抱负。很多时候，上帝所给予我们的东西也许并不多。但是，只要我们不把自己看得一无是处，发挥自己的强项，充分挖掘出自己的潜能，那么，即使上帝只给我们一支画笔，也同样可以把生命描画出五彩斑斓的色彩。

给自己开一张一千万美元的支票

■ 刘述涛，中国作家协会会员、中国著作权协会会员。作品被全国大小报刊及海外媒体刊用、转载。出版有《我们战胜了人生》《抖出鞋里的沙》《第一桶金》《亮出你的红衬衫》等。

　　在金·凯利贫困的家里，什么都缺，唯一不缺的就是笑声。这些笑声都来自于金·凯利的表演。

　　从小金·凯利就喜欢用脸做各种夸张的表情，特别是母亲生病以后。为了让躺在床铺上的母亲不觉得寂寞，金·凯利总是不遗余力地在母亲面前做各种各样滑稽的动作，一会儿模仿猴子，一会儿模仿老虎。看着这个最小的儿子在自己的面前这样卖力地又蹦又跳，金·凯利的母亲总是痛爱地说：够了，够了，你看你的脸都快变成真正的猴子了。

　　再多的笑声，也挽回不了父亲失业的阴影。为了节省开支，父亲让 13 岁的金·凯利辍学，懂事的金·凯利不但同意辍学，还和父亲商量，是不是可以让他到喜剧俱乐部去表演，这样也可以赚些钱补贴家用，父亲同意了。

　　从此在喜剧俱乐部的舞台上有了金·凯利夸张

的表演，他总是从不经意的一个动作当中，向所有的观众传达他的搞笑天赋。

观众越来越喜欢看金·凯利的表演，而金·凯利却越来越迷茫，他不想让自己的才华埋没在喜剧俱乐部这个小小的舞台上，他渴望有更宽阔的天地让自己驰骋。

可惜，这样的机会却没有很快到来。家庭仍然贫困，病中的母亲仍没有好转。什么时候才能赚到足够的钱改变家境，并且带母亲到好的医院做正规的治疗？每每想到这些，金·凯利就会恨自己无用，怎么就不能够赚很多很多的钱？

为了赚到更多的钱，金·凯利一咬牙脱离了喜剧俱乐部，他想去做电视剧演员，因为做电视剧演员的收入，远远高于他在舞台上的表演。可是金·凯利却四处碰壁，没有人相信他，虽然有人说，金·凯利有千变万化的肢体语言和极尽夸张的表情，还有他表演起来挥洒自如的神采是无法复制的，可还是没人愿意给他一次机会。

又是一个阳光灿烂的早晨，金·凯利翻遍了衣裤口袋，也没有找出可以购买一块面包的硬币，他不由得有点丧气。他走到桌子面前，朝镜子里的自己做了一个鬼脸，马上又叹了一口气，心想，要是自己有一张一千万美元的支票就好了，这样自己就可以不用烦恼，就可以把母亲送到医院，就可以拍摄自己想要的电视剧，就可以……他一边想，一边在纸上画，不知不觉，金·凯利竟然给自己画出一张一千万美元的支票。虽然这张支票在任何一家银行都兑现不了，但金·凯利却像得了宝贝一样把它放进自己的钱包里。

从这天以后，不管是经历什么样的困窘，金·凯利都会从自己的钱包里掏出这张一千万美元的支票，看着它，眯着眼镜，露出快乐的笑容。

现在，金·凯利在好莱坞的身价已经高达两千多万美元，他出演的影片让全世界的人认识了他。当他举着奥斯卡小金人的时候，他也没有忘记从钱包里掏出那张一千万美元的支票，他说："现在赚钱对我来说，只不过是个游戏。但这张无处兑换，自己给自己开的一千万美元的支票，才是真正寄托了我对未来所有梦想追求的真正动力。"所以，我们是不是也可以给自己开一张一千万美元的支票，然后自己去兑现它呢？

别怕，黑暗一捅就破

■ 朱成玉，作品常见于《读者》《特别关注》等。曾获首届"意林杯"龙源国际文学创作大赛一等奖。《读者》杂志"最受读者欢迎文章"奖。曾有多篇文章被选入中高考试卷。

那时，我正在经历人生的低谷。坐在我对面的命运，像一个高深的弈者，总能识破我的一招一式，令我节节败退，四面楚歌。

由于决策上的失误，公司面临重大的危机。我召集公司所有的智囊商量对策，但没有一个人，能走出一步好棋。

我吩咐秘书推掉所有的电话，我把自己关在一个漆黑的屋子里。为了防止自己崩溃，我放着比较轻松的一首曲子。尽管如此，我依然感到了一种大难临头的恐惧。

父亲知道了我的困境，把自己辛辛苦苦积攒的养老钱全部拿了出来，让我解燃眉之急。那点钱对于我的公司来说，无异于杯水车薪。

父亲在外面敲门，敲了足足有个把钟头，我依旧无动于衷。父亲急了，用拳头一下子砸碎了玻璃，光亮一下子就照了进来。

我给父亲包扎手上的伤口，父亲说，黑暗不可怕，你看，我一拳头就把它砸跑了吧。我知道父亲话中隐含的意思，我们同时想到了很多年前的一件往事。

那时候我还很小，好像只有8岁。由于国家在政治上和苏联交恶，战争似乎一触即发。全国上下都在忙着备战。我们家里买了一大口袋饼干，以应不时之需。有一天，广播里通知说，敌机很有可能在夜里飞过我们城市上空，为了防止被敌人的飞机看到可以袭击的目标，各家各户都不准点灯，窗户上要糊满纸，不能有一点光亮。

那个夜晚，所有的房子里都黑着，到处都是黑黢黢的，阴森而恐怖。

大人们聚到院子里，忧虑地望着天空，甚至连烟卷都不敢抽，空气紧张到极点。我们则躲到了屋子里，大气都不敢出，更是紧张得要命。父亲说，别怕，黑暗马上就过去了。为了缓解我们的紧张情绪，他给我们讲一个个轻松的故事。渐渐地，我们不再那么害怕了。警报解除的时候，院子里的人们点起了篝火庆祝。父亲用手指捅破了窗户纸，火焰一下子照亮了我们。父亲说，看，黑暗并不可怕，它一捅就破。

父亲并未给我带来智慧的"金点子"，帮我力挽狂澜，渡过难关，但父亲为我带来了一根乐观思想的拐杖，使我不至于摔倒，使我在如潮的黑暗中看到了那召唤人心的丝丝曙光。使我坚定了信心，和公司的所有员工一起，节衣缩食，艰苦奋斗，终于度过了最为艰难的一段时期，使公司重新走上了光明之路。

每个人的人生都会或多或少地经历一些黑暗，面对那些黑暗，亚瑟王悲观地说："我不相信有天堂，因为我被困在这个地狱的时间太长了。"泰戈尔却乐观地说："如果黑暗中你看不清方向，就请拆下你的肋骨，点亮做火把，照亮你前行的路。"

这些话，都是后来在书本上看到的，都是名言。而比这些名言更让我记忆深刻的，永远是父亲那句朴实的话：别怕！黑暗一捅就破。

不断升级你的目标

■ 周海亮，职业作家，"最受青年读者喜爱的作家"之一。作品常见于《读者》等，《半月谈》杂志社特约记者，教育部"十一五"规划课题组专家。出版有长篇小说《浅婚》，小说集《太阳裙》等 20 余部。

认识两位学电脑的朋友，同一年毕业于同一所大学。工作之后，两人都不安于现状。有时和他们一起聊天，两个人，都发着怀才不遇的同样感叹。

第一位朋友常跟我说，他的唯一目标就是比尔·盖茨。他买来所有有关比尔·盖茨的书籍，阅读所有有关比尔·盖茨的报道，他早出晚归，寻着所有可能变成比尔·盖茨的机遇。他常常告诉我，为了实现这个人生目标，他可以抛弃一切。

第二位朋友的目标，则低很多。他所就职的公司对面有一家很小的电脑店，他说，开这样一家店，他就满足了。一年后，他真的辞职了，开了一家这样的小店。由于善于经营，他的生意很是红火。

再凑在一起聊天时，第一位朋友仍然要不顾一切变成比尔·盖茨，第二位朋友则把目标变得稍高了一些。他说，如果能把这个小店变成一家小的公司，他就真的满足了。

又一年过去，第一位朋友已经被比尔·盖茨这个宏伟的目标压得透不过气来，而第二个朋友，果真把那家小店，变成了一个公司。

现在，我的第一位朋友仍然在从前的公司里打工，仍然看有关比尔·盖茨的书，听比尔·盖茨的消息，寻找成为比尔·盖茨的捷径，而我的第二位朋友，已经开始考虑他的连锁店了。

显然，第一位朋友把他的目标定得实在高不可攀了。并不是说，他不可能变成比尔·盖茨，而是当一个目标太过遥远，那么，他就觉察不到自己的进步。或许，终有一天，他会无奈地放弃。

第二位朋友无疑是聪明的。目标就在不远的眼前，可以感觉到自己迈出的最微小的一步，都在向目标靠拢。当达到这个目标后，他又会把下一个目标，仍然定在不远的眼前。事实上，这也是一种信心的积累。

越是遥远和高不可攀的目标，越容易摧毁一个人的信心。而把目标定得低一些，你会发现，成功不过是明天的事。

当然，前提是，在每一个阶段，你都要不断升级自己的目标。

为什么不再试一次呢

■ 朱砂，作品常见于《青年文摘》《读者》等，《有一种情，叫相依为命》和《打给爱情的电话》先后被评为《读者》杂志"最受读者欢迎的作品"。《5点45分的爱情》获2008年中国晚报作品新闻副刊金奖。

1898年夏季，暴风雨席卷了美国密苏里平原，致使102号河泛滥，肆虐的洪水冲毁了公路、庄稼和农舍，许多人无家可归。

一个瘦弱的小男孩儿穿着布满补丁的破烂衣服，站在农舍外围的高坡上，眼睁睁地看着棕色的河水汹涌而来，漫过河堤，席卷了农地。

洪水卷走了一家人所有的希望，垂头丧气的父亲到当地玛丽维尔的银行家那里去请求延期偿还贷款，狠心的银行家却以没收他的全部财产相要挟拒绝了他的请求。沮丧的父亲赶着四轮马车往家走，途经102号河桥上时，他停下来，扶着栏杆俯身呆望着桥下滚滚的河水。

"爸爸，您还要等谁呢？"小男孩儿疑惑地望着父亲。

父亲没有说话，眼泪扑簌簌地淌了下来。

小男孩一下子明白了，他紧紧地抱住父亲的大腿号啕大哭。

不久后的一天，一位演说者到瓦伦斯堡的集会上演讲，演说者雄辩的技巧、扣人心弦的故事深深地影响了男孩儿，

"一个农村男孩儿，无视贫穷，他甚至不顾眼前的一切而努力奋斗，他一定会成功的！"演说者说完便问听众：

"谁将是那个男孩儿呢？"

接着他又自问自答道："各位女士各位先生，你们正看着他呢？"说完演说者的手随便指了一个方向，虽然他只是随便一指，但那男孩儿分明觉得他正指向了自己。从那一刻起，他发誓要当一名演说家。

然而，笨拙的外表、破烂的衣服和少了一根食指的左手却总让他在以后相当长的一段时间里都感觉非常的自卑。

有一次，已经是一名师范院校学生的他穿着那件破夹克刚走到台上，有人喊了一嗓子："我爱你，瑞德·杰克！"紧接着，大家笑成了一团，原来在英语里瑞德·杰克与破夹克是皆音词。

还有一次，他讲着讲着竟然忘了词儿，在人们的口哨声中，他汗流满面地站在那里，尴尬至极。

连续十二次的演讲失败让他心灰意冷，他甚至对自己的能力产生了怀疑。又一次的比赛结束后，他拖着疲惫的身子往家走，路过102号河畔时，站在小桥上，他久久地彷徨着。

"孩子，为什么不再试一次呢？"

不知何时，父亲已经站到了他的身后，正微笑着瞅着他，浑浊的双眼里充溢着信任与鼓励。像十二年前的那个午后一样，站在小桥上的父子俩又一次紧紧地拥抱在一起。

接下来的两年里，瓦伦斯堡的人们几乎每天都可以看到一个身材颀长清瘦、衣衫破旧的年轻人，一边在河畔踱步，一边背诵着林肯及戴维斯的名言。他是那么全神贯注，以至达到了忘我的地步。有一次，当他正在练习一篇演说稿，神情专注还不时夹杂着手势时，附近的一个农民

看到了，以为出现了一个疯子，立即报告了附近的警察，警察气喘吁吁地跑来，经过询问，大家才恍然大悟，原来一切都是一场误会。

果然功夫不负有心人，1906 年，年轻人以"童年的记忆"为题发表演说，获得了勒伯第青年演说家奖，那一天，他第一次尝到了成功的快乐。

三十年后，他成为了美国历史上最著名的心理学家和人际关系学家，他的《成功之路》系列丛书创下了世界图书销售之最，在他过世后的许多年里，在世界的各个角落，人们仍在以不同的方式不断提起他的名字。他便是被誉为"20 世纪最伟大的人生导师和成人教育大师"的戴尔·卡耐基。今天，几乎所有的美国人都喜欢用这句"为什么不再试一次呢"去鼓励自己的孩子们。

戴尔·卡耐基用自己的行动践证了伟大的思想家艾丽丝·亚当斯那句话："世上没有所谓的失败，除非你不再尝试。"他富于传奇色彩的一生在带给世人感慨的同时，也带给了我们深深地思考，许多时候，面对挫折与失败，或许我们也该对自己说这样的一句话：为什么不再试一次呢？

穿越最长的隧道

■ 包利民，黑龙江呼兰人。作品常见于《青年文摘》《格言》等，教育部"十一五"课题组文学专家。多篇文章被选作全国高考或中考试卷作文材料或阅读材料。出版有《当空瓶子有了梦想》《激励奋进的学习故事》等。

有人说人的生命就像一列火车，在奔驰的过程中总会暂时停靠在一些大站或小站，还要穿越许多隧道，或长或短。而有的火车便永远地停在了隧道中，最终也见不到光明的出路。

发出这番感慨的，是一个在商场打拼多年的朋友，他经历坎坷，风光过也跌倒过，最终取得令人羡慕的成就。当时我曾笑着对他说："你这列火车算是从隧道中驶出来了，现在车窗外是广阔的平原，风光无限啊！"而他却说："这样的时候，是最容易懈怠的，而在未知的前方，还会有许多隧道等着去穿越。当陶醉于暂时的平静，火车突然进入隧道，便会有措手不及的仓促感，也更容易在那里抛锚。"从他的话语中，我听出了他目光长远居安思危的大智慧。

那时我还没有乘火车穿越隧道的经历，直到那年我去宁夏探亲。在北京上车，当进入山西境内时，隧道便一个接着一个地来了。先是突然的黑暗，仿佛火车一下子驶进了深夜，向外望去，只有隧道中那些点点暗弱的灯光向后划去。心中的郁闷和淡淡的恐慌还未散去，眼前豁然一亮，光明扑面而来，快得竟来不及收拾心情。而车窗外，山峰相连，高峻险要，山谷间或小桥流水，或芳草青青，仿佛人间仙境。好山好水尚未看足，又一个隧道接踵而至，依然是黑暗与寂静。

坐在我对面的，是一个戴着墨镜的盲人，隧道对于他来说是不存在的，因为，他的世界是长久的黑暗。或许听出了我兴奋而急促的呼吸，他忽然问我："是不是第一次坐火车过隧道？"我回答："是的。"他说："那种光明和黑暗交替出现的情景，当年我第一次见到时也是兴奋而恐慌。二十年前，我的眼睛失明了，就像火车突然进了隧道，周围是一片漆黑。只是，这次的隧道是永远没有尽头的。"我仔细地听着，这时火车又驶进了光明，我问："这二十年你是怎么过的？"是的，这是我想知道的，二十年行驶在黑暗的隧道中，而前方绝无出口，那该会是一种怎样的心情？那人淡淡一笑，说："适应加习惯，就是这些。开始时也有绝望，可是，行程还是要继续，黑暗也好光明也好，关键是不能停下来。在黑暗中行驶，也是向前，只要向前，就是进步吧！"

我一时无语，而内心深处却有了波澜与震撼。是的，他的世界是永远黑暗了，如他所言，他的生命列车将永远行驶在隧道之中，可是，他的心却有着一个光明的出口。既然如此，再长的隧道又算得了什么？

此刻，火车穿越了最长的一个隧道，好长时间，突然就爱极了这种光明突至的感觉。看着对面的中年盲人，忽然有了一种迷茫消尽驶出隧道的感觉，至少他让我明白，不管黑暗有多久多长，只要不让生命的列车停止，希望就在，美好就在。

火车终于驶出了山区，外面是一望无垠的大地，景色单调得无心去观赏。心中隐隐地有了期盼，盼着有山有隧道在前方的路上等着我。只有在穿越隧道后，才能领略到崇山峻岭的独特风景。那是一种挑战，也是一种精彩！

没有卑微的工作

■ 姜钦峰，作品常见于《青年文摘》《意林》等，作品收入百余种丛书或中学生课外读本，十几篇被编入中学语文试卷，并有作品被拍成电视散文在央视"子午书简"播出。出版有散文集《像烟花那样绽放》等。

米勒的演员梦，源于小时候的一次演出。大学毕业后，米勒去好莱坞寻梦，加入了福克斯公司。起初，他满怀期待，以为这里就是梦想起航的地方。但是没多久，残酷的现实就给了他当头一棒，在明星大腕云集的好莱坞，像他这样的新人遍地都是，他甚至连出镜的机会都没有。

米勒在公司身兼数职，一天到晚忙得不可开交，接电话、复印、传真、给大腕买零食、帮老板买午餐……除了演戏，他几乎什么事情都干过，跑腿打杂样样有份。

他每天只有一项稳定的工作——遛狗！有些明星会带着宠物狗来上班，主人忙的时候，往往没有时间照看爱犬，于是他就有了用武之地，牵着狗出去散步。这项工作虽然有点滑稽，却并不轻松，有时狗会生病拉肚子，他必须给狗戴上纸尿片，确保不让狗弄脏豪华地毯。

现实离梦想很远，但是米勒并没有抱怨，既然拿了薪水就要干活。他依旧尽心尽责，踏踏实实，每件小事都当成大事办，力求完美。渐渐地，他在公司获得了良好的人缘，大家都对这个诚恳的年轻人心生好感，别人也愿意放心地把狗交给他。他从未放弃过梦想，只是在耐心等待机会。

几年后，米勒终于迎来了一次重大机会，在一部电影中出演一名拳击手。为了演好这个角色，他做了最充分的准备，并参加了 6 个月的拳击训练。功夫不负有心人，他的表演很成功，获得了一致认可。这是一部大制作，有妮可·基德曼等大牌影星加盟，而且在许多电影节上获奖。对于新人而言，这简直是梦幻般的开局，能为他带来足够的人气和知名度。米勒踌躇满志，信心百倍，似乎看见成功的大门正在徐徐开启。

出乎意料的是，这部大制作并未给他带来半点机会，此后两年内，他没有接到任何片约，主要工作依然是遛狗。满怀期待，结果空欢喜一场，命运跟他开了个不大不小的玩笑。漫长的等待之后，终于又有人找米勒拍电影了，不过这次是小制作，名副其实的小制作，只有 10 分钟长的小电影。小就小点吧，好歹也是电影，可是看完剧本之后，米勒不禁大失所望。导演想让他演囚犯，然后因为感情问题，他还要从监狱中逃出来。米勒觉得这个角色不适合自己，而且他也不愿意演囚犯，怕自毁形象，但是思前想后，他还是勉强答应了。因为他只有两个选择，要么演囚犯，要么继续遛狗。

就像米勒事先预料的那样，这部只有 10 分钟的小电影，根本不会产生任何影响。不料一个月之后，福克斯公司忽然通知米勒去试镜，这是一部即将开拍的电视剧，剧中的男主角也是一名囚犯，讲的也是如何逃出监狱的故事。因为米勒刚刚演过囚犯，演得还不错，所以剧组想到了他。既然是试镜，肯定会有许多候选人参加，米勒只不过是其中之一。经历了上次的失落，他的心态已经平和了许多，并未抱太大希望。

在摄影棚试镜时，屋子里满满地坐了好几十个人，黑压压一大片，个个表情严肃，男主角的人选将由这些人决定。米勒作为新人去试镜，面对那么多挑剔的目光，心里却一点儿也不紧张，发挥自如。虽然他们都是公司高层或者明星大腕，但是在米勒眼里，既不神秘也不陌生，就像老朋友见面那么自然。因为在这些人当中，有叫他接过传真的，有经常叫他帮忙买零食的，当然还有不少人的爱犬早就跟米勒建立了深厚的友谊。实力、运气、人缘，在这一刻，米勒统统具备了，结果可想而知。

这部美国电视剧叫《越狱》，他就是风靡全球的"米帅"，温特沃什·米勒，在剧中饰演男主角迈克。人生总是充满了意外，你永远不知道，下一秒将会发生什么。没有一项工作是卑微的，眼下极不起眼的一小步，兴许就是通往巅峰的起点。

你头顶上空有宝藏吗

■ 徐立新，教育部"十一五"规划课题组专家，作品常见于《特别关注》等。迄今已发表各类作品近 100 万字，部分改编为电视散文在中央电视台 10 套"子午书简"栏目播出。出版有《大爱故事》等。

天空里除了有空气，白天有太阳，夜晚有星辰月亮外，还有什么其他东西，比如价值连城的宝藏？

宝藏？怎么可能！在许多人看来，从古至今天空都是空空如也的代名词，绝不可能会有什么宝藏。于是，持这样观点的人，开始习惯性地低下头，拼命地在地上寻找自己的人生宝藏。

然而，有一个叫罗伯特·黑格的人，却选择了与常人相反的逆向思维，他认为天空中也有宝藏。于是，他决定抬起头，始终向头顶上的那片天空仰望，坚持不懈地追寻星际太空，独辟蹊径将创富的触角伸向了看似空空如也的天空，最终，挖掘出了一座金光闪闪的"陨石山"。

20 世纪 80 年代，当时才 23 岁的黑格在一个夜晚里，偶然看见天空中划过的一阵流星雨，就在流星雨转瞬即逝的一刹那，黑格的心头一动：这些流星如果没有被烧完，落到地面上，得到它们的人肯定会受益匪浅。他开始决心做得到它们的人。

但当黑格把打算寻找收集陨石的想法告诉身边的人时，很多人都觉得他非常可笑，因为它们不过是一块块石头而已，最多只不过是从天上掉下来罢了，有什么好收集的。

但是黑格却坚决认为，这些来自太空的石头不简单，在他看来，这些石头里有许多人类想要探究的未解之谜，根据人类的性格特征，越稀有越罕见的东西，越会引起人们的关注和研究它的兴趣，并且还会被竞相珍藏，只是关注时间来得迟早而已。他开始不管家人和朋友的反对，义无反顾地赶在别人之前收集这些来自天空的石头，他想，只要自己坚持，总有一天一定会被这些用美元做成的石头砸晕的。

在接下的几十年里，黑格开始踏上了追随流星雨，寻找陨石的漫漫征途，足迹遍及五大洲四大洋。为了能更快捷地追寻流星雨，找到陨石，黑格还专门借贷了一艘小型滑翔机，不分昼夜地追随流星雨，只要听说那里曾经有过流星雨，或者即将有流星雨，他都会在第一时间里赶到。为了寻找到陨石，他去过最危险的非洲热带雨林，在原住民居住区，在凶残狮狼虎豹的注视下，取走一块块陨石，他甚至深入鲨鱼横行的大西洋里，打捞出沉入洋底的陨石，也在炽热无比的撒哈拉沙漠中淘"石"，无数次死里逃生。

机会总是给有准备的人，果真如黑格当初所想一样，20年后，太空时代终于来临了，人类对外太空探索兴趣开始剧增，黑格也因此一下子成为政府部门和太空痴迷者关注的焦点，他们纷纷开始拜访黑格，对黑格手中的众多陨石羡慕至极，并且愿意用黄金、宝石的价格收购其中的一部分。一些玩够了宝石珠宝，古董玉器的明星、企业大佬、整形医生等"多金男"也开始觉得家里放上一块另一个星球上的石头，简直就是一种身份的象征和荣誉，因为它们在地球上根本找不到第二块。

如今，黑格已从天空中掘取了3000万元美元，一举成为当今世界上拥有陨石第一人，他手中的陨石还被评上"全球十大珍稀宝藏"，其价值堪比英国皇室珠宝和埃及塔特王陵墓。而这还仅仅是他初步估计的财富，随着太空热的不断升温，他的财富必将继续升值。

面对同一片天空，无心之人说，那只不过是一个空空如也的不毛之地而已，而独具慧眼的人却说，哦，不，那是座晃眼的黄金地。

这个世界上没有不可能，只有不相信，不要。

那么，你头顶上的那片天空是怎样的呢？是你自认为的空空如也，还是像黑格的那样价值连城？如果是后者，那么你准备好去开发它了吗？

一张纸片的命运

■ 马国福，中国作协会员，作品常见于《读者》等，教育部"十一五"课题文学专家，中华版权保护中心签约作家，龙源期刊网专栏作家。出版有《赢自己一把》《给心灵取暖》等。

上大学时一堂哲学课给我留下了深刻的印象，至今仍记忆犹新。

记得那次期中考试结束后班上一个同学各门功课都考得一塌糊涂，在哲学课上他忧心忡忡，无精打采地听课。他的异常举动引起了哲学教授的注意。教授提了一道辩证法问题让他回答。题目是这样的，教授拿起一张纸扔到地上让他回答这张纸有几种命运。

也许是由于惊慌，那位同学一时回答不上来，后来他顿了顿神说："扔到地上就变成了一张废纸，这就是它的命运。"教授对他的回答不太满意。他当着大家的面在那张纸上踩了几脚，纸上印上了教授沾满灰尘和污垢的鞋印，然后又让他回答同样的问题。

"这下这张纸真的变成废纸了，还有什么用呢？"那个同学如是说。

教授没有出声，捡起那张纸一下子撕成两半，然后让那位同学接着回答。

我们被教授的举动弄糊涂了，真不知他到底要表达什么意思。

那个同学也被弄糊涂了，他红着脸回答道："这下纯粹变成了废纸一张。"

教授不动声色捡起撕成两半的纸，很快在上面画了一匹奔跑的马的速写。他刚才踩过的脚印恰到好处地变成了骏马蹄下的原野，奔跑的骏马充满了刚毅、坚定和张力，让人充满了遐想。我们为教授深厚的速写功底叫好。教授举起画说："现在请你回答，这张纸的命运。"

那个同学似乎明白了什么，他干脆利落地回答道："你给一张废纸赋予希望，一下子有了价值。"教授脸上稍微露出了一点笑容。很快他掏出打火机点燃了那张画，一眨眼的工夫，画变成了灰烬。

最后教授说："大家都看见了吧，起初一张并不起眼的纸片，我们以消极的态度看待它，就使原本没有吸引力的纸片一文不值。我们在其基础上使其遭受更多的厄运，纸片的价值更加小了。如果我们放弃希望使其彻底毁灭时，很显然，纸片不可能有什么美感和价值，但时后来我们以积极的心态对它，在上面画一些给人以希望和力量的东西，纸片的命运立马起死回生，价值陡增。可见人的心态有多重要！"教授喝了一口茶望着窗外。

我们陷入了沉思。"一张纸片可以成废纸扔在地上被我们踩来踩去，也可以作画折叠成飞机，飞得很高很高，让我们仰望。我希望在座的各位同学不要因一时的失意而放弃理想和希望。一张纸片有多种命运，更何况我们呢？记住，你看见阴影是因为你低着头！命运如同掌纹，弯弯曲曲，却时刻掌握在我们自己手中啊。此时的厄运和不幸并不能决定彼时的命运和希望啊。希望没有取得好成绩的同学能很快振作起来，把自己变成一张充满美感的纸片，不要成为一张沾满污迹的废纸。"教授语重心长地补充道。

那年期末考试，全班同学都取得了前所未有的成绩，我想这与一张纸片有关。

现在，在工作、学习、写作上陷入低谷时，我经常玩味教授的那句话：你看见阴影是因为你低着头！命运如同掌纹，弯弯曲曲，却时刻掌握在我们自己手中啊。

这句话，我能记一辈子！

成功是对嘲笑的最好回答

■ 王国军，作品常见于《青年文摘》等，南充市作家协会会员，成都市微型作品协会成员。国内外各大报刊上刊文 130 余万字，入选中考语文试卷 3 次、各类丛书 200 余篇。

　　他小时候家里很穷，但在两个游泳队员的姐姐的影响下，却痴迷起游泳运动来。

　　当他把立志做一名游泳队员的想法告诉父亲时，却遭到父亲的强烈反对。因为他的两个姐姐已经是游泳队员了，巨大的训练费用早就让这个贫困家庭不堪重负，在经济低迷的一段时间里，父亲甚至得靠卖血来维持家用。父亲听到这话时，当场就给了他一巴掌，说道："你这个傻瓜，你知道白痴是怎么出现的吗？就是像你这样想出来的，游泳？你以为人人都是天才吗？别做梦了！"

　　但父亲的话并没有使他退缩，他还是和姐姐一起来到游泳池里。一方面，他坚持每天到游泳池里至少训练两小时，另一方面，他在编织着未来的梦想。有一天，当他把梦想告诉父亲时，又招来父亲的一顿嘲笑："冠军？还要环游世界？你以为你是天才啊，别痴心妄想了，还是好好念你的书，将来找份工作养家糊口吧。"

而且，在学校，他也被同学们反复嘲笑。他的母亲曾回忆道："我儿子的成长并非一路坦途……刚开始是他的大耳朵，然后是他的长手臂，在哪里他都不可避免地被关注、被嘲笑。"

面对嘲笑，他在沉默的同时，却更加刻苦地训练，他知道，成功将是对嘲笑的最好回答。

后来，他打破了 200 米蝶泳世界纪录，成为最年轻的世界纪录保持者，并赢得了"游泳神童"的美誉。在 2008 年北京奥运会上，他一人得了八块金牌，创造了奥运会历史上的"奇迹"，他就是菲尔普斯，他被称为游泳运动历史上最伟大的全能运动员。

菲尔普斯成功后曾与别人谈起，当时别人的嘲笑成了他的噩梦。但他在努力将梦想都变成现实后，那些曾嘲笑过他的人，都转而赞颂他、崇拜他。他的父亲，后来也对他表示了深深的歉意。

很多人，在日常交往中，都不免遭受别人的嘲笑。而菲尔普斯的经历告诉我们：对别人的嘲笑，愤怒和消沉都无济于事。只有用自己的成功，才能让那些嘲笑声转变成赞扬声。

金牌只是比银牌个子高些

■ 古保祥，作品常见于《青年文摘》《格言》等。至今已发表文章300余万字，十余篇文章选入各地中高考试题。出版有《为自己画个月亮》《杯记得茶的香味》等。

印度首都新德里国家体育场，一个个子低矮的小姑娘正在刻苦地进行羽毛球训练，虽然年纪轻轻，但她出手快、身材敏捷，教练说她有着惊人的羽毛球天赋。

2006年印度运动会上，小姑娘一鸣惊人地夺得了金牌，这让她的老师戈比昌德喜出望外，他下定决心将自己未竟的事业进行到底，将小姑娘培养成世界一流的羽毛球好手。

时间来到2007年，年仅16岁的内瓦尔报名参加了全英羽毛球公开赛，她是所有报名选手中最年轻的一个，但在决赛中，她却意外地没有发挥好，只取得了一枚银牌，下场后，懊恼的内瓦尔摔坏了羽毛球拍，她大声吆喝着不再打羽毛球了，自己不是这块料。

戈比昌德想劝慰这个年轻的孩子，但是她却不听，她跑到自己的房间里拼命地哭。

内瓦尔哭着睡着了，醒来时意外发现桌子上面放着一枚金牌和一枚银牌，银牌是自己获得的，金牌是老师在前英羽毛球公开赛上获得的，两枚牌子的旁边，还放着一张字条，上面写着一句话：金牌只是比银牌的个子高些。

老师是在告诉自己：银牌离金牌的距离并不远，通过努力是可以获得的。她喜极而泣，将这张字条装在自己的贴心口袋里，重新投入了训练中。

2008 年世界青年锦标赛上，内瓦尔一路过关斩将，夺得了冠军，同年，她还获得了中国台北羽毛球公开赛的冠军和英联邦运动会的冠军，她在 2008 年和 2009 年被国际羽联称为进步最快的运动员，在 2011 年中国青岛举行的苏迪曼杯羽毛球混合团体赛上，她在小组赛中击败了世界排名第二的中国运动员汪鑫，在印度，她是全民族的骄傲，被印度人称为"天才少女"。

有时候，成功只是比失败的个子高一些，而我们只需要昂首挺胸、大步向前，就可以摘取成功篮子里的桂冠。

造就传奇的力量

■ 高兴宇，作品常见于《读者》等，有数千篇文章在《读者》《青年博览》《青年文摘》《意林》《非常关注》等刊物发表。出版有《好运密码》《社交物语》《不自卑的世界》《借物参禅》等书。

先说说一个人。1979 年 1 月 19 日，一位 19 岁的青年在滑雪时突发奇想，要从朋友张开的双腿间滑过去，结果却撞到朋友的身体上，折断了脖子，导致颈以下全身瘫痪。自此以后，一个高大英俊的青年，变成了一个只能摇头的残疾者，终生依靠轮椅生活。

再说说第二个人。他会驾驶汽车，这不足为怪，但他不是飞行员，却能自由驾驶飞机在空中翱翔，这就不简单了。1993 年，当他 33 岁的时候，竞选温哥华市议员，成功了。在连续做了 12 年市议员后，2005 年，他被温哥华市民推上了市长的宝座。单说这些，没有什么惊人之处。但如果说第一个人和第二个人是同一个人，那就恐怕有些出乎人们的意料了。事实就是如此，我们刚才说的第一个人和第二个人原本就是同一人，这个人就是加拿大的萨姆·苏利文。

一个四肢瘫痪的人，活着本已不易，但苏利文用自己的经历，证明了残疾人坐在轮椅上也可以走得很远：除了刚才说的那些成就外，还有工商管理硕士、多个非营利助残团体的创建人、多种助残设备的发明人、加拿大勋章获得者……可以说，苏利文是个不折不扣的奇人。

让我们来回顾一下这段传奇经历的几个片段吧。

在折断脖子后的几年里，待在家里的苏利文陷入了选择生还是死的挣扎中。他把受伤前自己打工赚取的钱都取了出来，买了辆专门为残疾人设计的汽车。为了不让父母太伤心，他设计了开车坠崖这种自杀方式，所幸的是，他的几次"坠崖练车"都没有成功。此后，要强的苏利文不忍再拖累两位老人，便坚持离开了家，搬到了一座半公益半营利性的公寓居住。

一天晚上，苏利文又一次独自在房间中品味绝望的痛苦。他盯着空白的四壁，感觉自己的生命就像它们一样空虚。他推着轮椅来到户外，看到远处的城区正掩映在落日的余晖中。他想那里有沸腾的生命活力，人们正在摇动着生活风帆向前航行。此刻，苏利文忽然想到自己的大脑很好用，也能够独立吃饭穿衣，甚至还能微笑。苏利文决心要成为他们中的一员！"我也要做一个完整的人，我要工作。"苏利文此时对自己说道，"受伤前我有十亿个机会，而现在我还有五亿个。"从那一刻起，一个新的萨姆·苏利文诞生了。

从那以后，苏利文广泛涉猎知识，勇于挑战生活。他不但学会了驾驶飞机，而且还教会了另外20位残疾人飞行。由于温哥华人口中华人超过三分之一，在加拿大土生土长的苏利文还学会了中国广东话，这在他以后的竞选中收效奇效。苏利文一讲广东话，就会得到华人的掌声和鼓励。市长选举中，华人几乎把选票都投给了苏利文。

是什么神秘的力量将这传奇经历赋予了萨姆·苏利文？

答案是不屈不挠地与生活抗争的精神。

　　苏利文年轻时把脖子摔断，几十年过去，换了别人，也许早就厌倦人世或是默默无闻了，可苏利文却把与命运抗争演绎到了极致。他经历了痛不欲生的时光，但他没有消沉下去，更没有怨天尤人，而是不屈不挠地奋斗，结果生活给予了他传奇和精彩。苏利文说过："我们一生中会发生许多意想不到的事情，有些是好事，有些则很不幸。一个人能走多远取决于他面对挑战时的表现，这与他是否坐轮椅无关。"

刀锋上的秘密

■ 张珠容，作品常见于《读者》《意林》《格言》《启迪与智慧》等，中国文字著作权协会会员。作品 发表在《读者》《青年文摘》《意林》《格言》《特别关注》等刊物，入选图书数十种。

世界上最贵的剃须刀一把不过六七千元人民币，但在英国，有人竟将一个剃须刀刀片的价格卖到了 4.75 万英镑，更关键的是，不止一个顾客愿意购买。这个刀片为何能卖到如此高价？如果你有一台可以放大 400 倍的医学显微镜，你就能知道它的价值了。

这个看似普通的刀片，能在 400 倍的医学显微镜下绽放它的独特之处——薄如蝉翼的刀锋上刻有一句名言：一切皆有可能。如此微型的雕刻出自英国雕刻家格雷厄姆·肖特之手。

肖特常常在一些小物件上下功夫练习手法。多年的磨炼使得他的手法越来越熟练，两年前，他完成了第一件微型雕刻作品"上帝的祷文"——一枚刻有 278 个字母的黄色大头针。此后，他常常在螺丝钉顶端、大头针帽或曲别针上进行雕刻。随着时间的推移，肖特越来越想知道自己能挑战的极限是什么，是针尖、钢丝，还是小挂钟里的指针？

2012 年年初，肖特终于找到了微雕极限的雕刻对象。那天他剃须的时候，稍一分神，下巴被刀片刮伤。注视着刀片上的血迹，他突然想：这么薄的刀片，能不能在它的刀锋上进行微雕创作？

肖特当即找出显微镜细细研究起来。再薄的东西都有一定的厚度，不过，他几次在显微镜下拿起雕刻刀对着剃须刀锋，都没能留下一点刀痕，因为刀片不是晃动就是被雕刻刀弄断。短短半小时，肖特就刻坏了三把刀片。

经过反复尝试，肖特总结出了微雕的两个要点：第一，要抵御外界干扰；第二，要让自己的身体处于最佳静止状态。第一个要点好解决，肖特选择在午夜开始雕刻。第二个要点要做到绝非易事，为了尽量保持静止，他将右臂绑在椅子的扶手上，并且工作前静坐 90 分钟，同时保持均匀缓慢地呼吸。雕刻过程中，肖特的耳朵上挂着听诊器，他监听自己的心脏跳动，然后试着在两次心跳之间下刀。为了将心跳频率降低到每分钟 30 次，肖特每天都会坚持跑一万米。

事实证明，这些措施果然效果显著，一个多月后，肖特终于在刀片刀锋上刻下了第一个字母，此后，他一个晚上可以完成 3 个小写字母。他想把"一切皆有可能"（Everything is possible）这句话雕在刀锋上，因为他希望当人们看到这一行字时，能悟到它的真正含义。

有好几次，他已经刻到最后几个字母时，刀片突然断裂。一次又一次的功亏一篑非但没有使肖特放弃，反而更加坚定了他创作到底的决心。

经过整整七个月的辛苦努力，在断了 150 枚刀片之后，肖特终于完成了心愿。肖特看着那几个字，长长舒了一口气，因为他终于完成了极限挑战，并且用自己的行动印证了那句刻在刀锋上的话——一切皆有可能！

这件作品创作出来后，肖特给它定了 4.75 万英镑的超高价。许多人被肖特的执着与坚韧所震撼，纷纷表示要购买，最终，一个名叫布莱迪的收藏家幸运地拥有了它。拿到刀片的那一刻，他激动异常："这是一个奇迹，我有幸收藏了这个奇迹，是的，一切皆有可能。"

Chapter08 / 转过身去看世界

有时候，成功距离我们并不遥远，我们所需要做到的，仅仅是，轻轻转个身。

清扫心灵的尘埃

■ 刘述涛，中国作家协会会员、中国著作权协会会员。作品被全国大小报刊及海外媒体刊用、转载。出版有《我们战胜了人生》《抖出鞋里的沙》《第一桶金》《亮出你的红衬衫》等。

罗伊·格劳伯是美国哈佛大学的物理学教授，他也是世界上著名的"量子光学"之父，在他快要过70岁生日的那一年，他获得了诺贝尔奖的提名，可惜最终这个奖项却没有落到他的头上，也就是在这一年，他开始怀疑自己对量子光学的研究，开始问自己是否能够凭着这项研究成果如愿获得诺贝尔物理学奖。

这样的怀疑和审问对自己来说是致命的，因为格劳伯发现自己在研究的时候经常出现精力不集中的情况，更可怕的是格劳伯经常会问助手一个同样的问题，那就是自己是不是真的老了。

正当格劳伯为怀疑自己而苦不堪言的时候，美国的哈佛大学和剑桥大学幽默科学杂志《不可能的研究纪录》举办的"伊格诺贝尔奖"——又叫"搞笑诺贝尔奖"邀请他参加，格劳伯参加了这个活动，并和那些科学家一起自娱自乐，大喊大叫，但当身边有科学家提到这一生要是真的获得诺贝尔奖，真的走上瑞典的诺贝尔颁奖台的时候，格劳伯觉得心底又有一阵阵的痛。

伊格诺贝尔奖的颁奖典礼结束之后，所有的人都离开了会场，只有格劳伯一个人呆呆坐在椅子上，他的大脑中还在想着真正能够获得诺贝尔奖的事。也许是看到台上太多的纸飞机和颁奖留下的纸屑，格劳伯不由得拿起角落中的扫把，开始清扫起会场来，他一下一下努力地挥动着扫把，看着慢慢积聚起来的纸屑，格劳伯忽然间觉得自己的心是那么的宁静，他忽然间为自己这些日子以来的不安觉得可笑。当那些纸屑被格劳伯倒进垃圾桶的时候，格劳伯觉得自己的心灵一下子轻了许多，就像自己心灵上的那些尘埃随着自己的扫把一下一下都扫进垃圾桶里了一样。

第二年、第三年、第五年，已经白发苍苍的格劳伯还是头戴斗篷手拿扫把，早早地就站在伊格诺贝尔奖的颁奖典礼上，他已经等不及那些人离开再扫，在人们颁奖的时候，他就开始扫那些台下的人投掷上来的纸飞机，仿佛他的眼前也只有纸屑和飞到台上的纸飞机，至于那些奖颁给谁，谁上台领奖已经与他无关。就这样格劳伯一直在伊格诺贝尔的颁奖典礼上，整整当了11年的清扫工。

2005年，真正的诺贝尔物理学奖落到了格劳伯的头上，这一年，格劳伯刚好80岁，人们以为获得了真正的诺贝尔奖，格劳伯不会再出现在伊格诺贝尔的颁奖典礼上，更不会再拿起扫把，然而就在这年的伊格诺贝尔颁奖典礼上，格劳伯又拿起了扫把，站在台上。

格劳伯的一名学生冲到台上，想拿走格劳伯手里的扫把，格劳伯却对他的学生说："你以为诺贝尔奖的真正获得者就不是常人，他们心灵就没有污垢？所以你不能拿掉我清扫心灵尘埃的扫把，你要知道我在清扫颁奖会场的时候，其实也在清扫自己的心灵。"

一位真正的诺贝尔奖获得者拿着扫把整整清扫了11年伊格诺贝尔

奖的现场，这是一件史无前例的事情，更让人感动的是，已经82岁的格劳伯在2007年仍对那些希望他放下扫把的人说："手中的扫把，我将一直握下去，因为它能够让我清醒、执着地去做自己的事情，这是我清扫心灵的扫把，谁也不能从我手里拿走！"

善良很小，却是一盏灯

■ 朱成玉，作品常见于《读者》《特别关注》等。曾获首届"意林杯"龙源国际文学创作大赛一等奖。《读者》杂志"最受读者欢迎文章"奖。曾有多篇文章被选入中高考试卷。

　　一连好几天，父亲下班回来，都是闷闷不乐的样子。母亲问其缘由，父亲说同事的母亲病了，同事是个孝子，他看不下去同事哀伤的样子，就跟着难过。还有一次，父亲长吁短叹，原来是邻居家刚刚下岗的男人把三轮车开翻了，轧断了腿，使原本就很贫寒的生活雪上加霜。"唉，这老天怎么总是跟你们过不去呢？希望他能快点好起来吧！"父亲拿了二百元钱给他的妻子，尽管杯水车薪，总能让逆境中的人暖暖心。

　　把别人的忧愁当成自己的忧愁，这是因为一个"善"字在心底亮着。父亲的这些举动让我想到了夏丏尊先生。丰子恺在写到夏丏尊的时候说："凡熟识夏先生的人，没有一个不晓得夏先生是多忧善愁的人。他看见世间一切不快、不安、不真、不善、不美的状态，都要皱眉，叹气。朋友中有人病了，夏先生就皱着眉头替他担忧；有人失业了，夏先生又皱着眉头替他着急；有人吵架了，有人吃醉了，甚至朋友的太太将要生产了，小孩子跌跤了——夏先生都要皱着眉头替他们忧愁。学校的问题，公司的问题，别人当着例行的公事处理，夏先生却当作自家的问题，真心地担忧。国家的事，世界的事，别人当作历史小说看的，在夏先生都是切身的问题，真心地忧愁，皱眉，叹气。"

这些为他人忧心的善念使夏丏尊先生的心始终是潮润的，以至于他在翻译《爱的教育》时，一边翻译一边流泪。

一个人在暗夜里常常思考的是，生命中最珍贵的品质是什么？我认为是善良。有爱心的人是这个世界上最可爱的人，他们时刻指引着我们，朝着幸福的城堡进发。对于无家可归的人，一场雪是疼痛的，对于有家的人来说，那些疼痛就变成了幸福的地毯。我亲眼看到两个无家可归的孩子，在火车站的空地上堆了两个大大的雪人，一个是爸爸，一个是妈妈。他们的脸冻得通红，却不肯离开"爸爸妈妈"半步，就那样在雪地里痛并快乐着。我无法熟视无睹，我从即将开动的火车上跳将下去。"我忘了我的行囊"，这当然是一个对列车员说的非常蹩脚的谎言，然而对于一个被唤醒了良心的人来说，这个谎言价值连城。当每个人都为自己的灵魂裹上这样一副行囊，人世间该是多么温暖的天堂！

遇到歹徒行凶时你不敢出手相救，那是你的懦弱，这只能说明你不勇敢，不代表你不善良。那个时候，善良被懦弱紧紧地压在下面，翻不过身来。你的同行们没有理由埋怨你，因为他们把头埋得比你还深。在平静而有序的生活中，人们并不需要有人告诉他该怎么生活，往哪走。但在形势险恶、人们惊慌失措时，却十分需要有一盏指路明灯。那时候，一双紧握的拳头，或者一双疾恶如仇的眼睛，都可以把忐忑不安的人们凝聚到一起，吓退邪恶。每一个人都可以是英雄，只要你把心底那盏小小的善的灯慢慢放大，你便会毫不畏惧。

更多的时候，善良很小，掀开别人的伤口时，你没有幸灾乐祸，你就是善良的；路经别人的苦难时，哪怕一次皱眉，哪怕一声叹息，也都是你的善良。

善良很小，却是一盏灯。它那微弱但生生不息的光焰，可以在满世界游走。

风景在自己心中

■ 仲利民，《青年文摘》《思维与智慧》等多家杂志签约作家。
出版有《智慧是最轻便的行囊》《我只要你爱我》等多部作品。
有多篇文章入选中小学教材及课外必读教材。

  多年前，我还是一名船员，有一次因江面雾大，船泊南通狼山，远远望去，山上风景奇妙多姿，尤其山头林立的雾中石景，令人浮想翩翩。问过船长，得知船要明天才可启航，遂决定登岸去游狼山，船上的许多老师傅常走此航线，看熟了各处风景，漠然地对我说："没啥看头！"可我不信，执意前去。

  山路崎岖，加上大雾降下的水珠，我不得不小心翼翼地沿着石级向上登攀，辛辛苦苦地攀到峰顶，发现远处看到的那些景致竟消失无踪了。原来那些在远处看到的景致，走到近前也就是普通无奇的石头而已。而山顶也无更多可供欣赏的景观，不由得失望而归。

  两年后，船又泊此处。刚刚分到船上的实习生见到此景，又跃跃欲试前去，我淡然地对他们说："没啥可看的。远观还不错，近处看了只有失望罢了。"他们不信，弃船登岸，不久，就失落地归来。

再后来，又有新船员在此看到风景，欲上岸览胜，船上的老师傅多淡然阻止，可是刚来的船员依然决定要去。我见他们意兴颇高，想到他们很快就会失望归来，就不再阻止。只是对他们说："你们会失望地归来的。"而他们回答我说："没有看过，怎么知道呢？"

就在船上的大伙儿谈论他们时，见到他们兴高采烈地归来的身影。完全没有我们以前失望的神态，向我们这些曾经失望地归来的看客们讲述他们的见闻。令我们怎能么也想不到的是，我们所需要的是把远处看到的风景装在心里，奔向近处寻觅更美的景致。而他们却是前去寻访古迹，看到那些奇形怪状的石头已经兴奋至极，并无意于远方诱惑迷人的风景，怪不得我们是失望归来，他们却是满意而归。

在不同人的眼中，即使同一个地方所见到的风景也是不一样的，我们为什么要用自己的思想去左右别人眼中的风景呢？"没有看过，怎么能够知道呢？"每每想到他们的话语，我就会明白：我们熟视无睹的地方，在别人眼中也许是一处胜地，或者风景独到啊！美妙的风景活在每一个人的心中！

成功就是转个身

■ 方益松，笔名方董，江苏省南京市人。中国文字著作权协会会员、江苏省作家协会会员、多家杂志签约作家，《特别关注》杂志社联谊会首批进驻作家、国内励志随笔期刊知名作家。文章多次入选中考试题。

在任何一个国家，你可以不知道美国总统克林顿，但你绝对应该知道这样一个传奇人物——他创立了数千家门店，每个店的门前，都站立着一位身着白色棕榈装、系黑领结，蓄着山羊胡的老人——那种慈眉善目的形象，早已在人们的心目中根深蒂固。

纵观他的一生，历经失败，沧桑坎坷，且极富有传奇色彩：5岁时，他失去父亲，14岁时便辍学开始了流浪生涯。他在农场干过杂活，当过电车售票员，但都很不开心。

16岁时，他谎报年龄参加了远征古巴的军队。航程中，因晕船厉害，被提前遣送回国。退伍回乡后，他开了个铁匠铺，但不久就倒闭了。

1919年，他应聘消防员失败。只得在一家养路公司做护路工。

1921 年，他加入保险公司，从事推销工作。但好景不长，因在奖金问题上与老板闹翻而辞职。

他曾通过函授学习法律，因生计所迫，不得不忍痛放弃自己的学业。

后来，他在朋友的鼓动下，还一度干起了律师的行当，但这一职业生涯也未能长久。一次在法庭庭审中，他竟与客户大打出手。

30 多岁时，他再度失业，但他始终没有灰心。34 岁那年，他在米其林公司做轮胎推销员，但在一次开车过桥时，支撑钢绳断裂，他连人带车跌下桥，受了重伤，无法再为那家公司工作了。

1930 年，他在肯塔基州的克本镇，开设了个一家壳牌加油站。后来与竞争对手因生意上的摩擦，他开枪打伤了对方，还差点因此受到起诉。二战期间，政府实行汽油配给制，这又给了他一次沉痛的打击，他的加油站彻底歇业了。

1951 年，他竞选参议员，最后仍以落败告终。

为了增加收入，他不得不自己制作各种小吃，提供给过路游客。生意由此得到缓慢而稳步的发展，而他烹饪炸鸡的声名也吸引了过往的游客，他决定开一家餐馆。1955 年，正当他的生意越发红火，拟投入建设的一条公路正好穿过他的餐馆，他再一次面对失败。他不得不变卖资产以偿还债务，结束了为之奋斗了 25 年的事业。他叫哈兰·山德士，那一年，他已经 66 岁。

在一般人看来，历经众多的失败与打击，他该退休了。可是，山德士没有像更多的美国老人那样，靠社会保障金生活，而是重操旧业。他带着自己所掌握的技术和秘方，不顾年老体迈，主动和各地的小餐馆联系，1009 次遭到了拒绝，但到第 1010 次，他终于成功联系了第一家小餐厅。从此，他开始传授独特的炸鸡技艺，并且在质量上对他们严格要求。设立统一配方、统一经营模式。创立肯德基的同时，他还是个月领 105 美元的社会保险金的退休老人，但到 1963 年，他总共控制了全球 600 多家炸鸡店。而今，肯德基已成为全球最大的炸鸡连锁店。

自从能够直立行走，具有超级的思维，人总是不断地在寻觅与追求。这是人的幸运，也是人的不幸。很多时候，人，不仅需要和一种叫作命运的东西相博弈，更需要懂得追求与舍弃。该舍弃的时候，不要穷追不舍；该乘胜追击的时候，绝不轻言放弃。很多时候，成功不全是在前方。像山德士一样，眼看前路悬崖峭壁，无从逾越。不妨果断回头，也许，返过身来，就是峰回路转，柳暗花明。

有时候，成功距离我们并不遥远，我们所需要做到的，仅仅是，轻轻转个身。

人生总有取舍

■ 王国军，作品常见于《青年文摘》等，南充市作家协会会员，成都市微型作品协会成员。国内外各大报刊上刊文 130 余万字，入选中考语文试卷 3 次、各类丛书 200 余篇。

　　她早年在非洲生活，家境贫寒。为了生存，她当过电话接线员、保姆、速记员、餐厅清洗工。一日所得，都不能养活自己，但为了理想，她毅然选择留了下来，积极投身于反对殖民主义的左翼政治联盟运动中，直到她的祖国解放。

　　她没有受过正规的学校教育，20 岁那年，她才有幸在一所培训学校里读了两年文学，但这丝毫没有影响她对文学的热情。

　　1949 年，她和丈夫离婚，带着两岁大的儿子来到英国。此时，她囊中羞涩，为了支付租金，她不得不把仅有的家当——本还没完成的小说草稿拿来典当，却被老板委婉谢绝了。为此，她不得不流落街头，最后才被一位好心人收留了一个月。然而就是这一个月的时间，让她得以能静下心来完成作品，最终以《青草在唱歌》的名字出版并一炮走红。从此她一发不可收拾，不仅完成了五部曲《暴力的孩子们》，而且也完成了代表作《金色笔记》的创作。她的写作面特广，除了长篇小说以外，还著有诗歌、散文、剧本和短篇小说。她每天都坚持写作，即使到了八十高龄，这一习惯不仅没有改变更有扩展的势头，上午三小时，下午两小时。

她就是英国著名女作家，被誉为继伍尔夫之后最伟大的女性作家，并几次夺得世界级文学奖项的多丽丝·莱辛。2007 年，她一举击败美国作家罗斯、以色列希伯来语作家阿摩司·奥兹、日本作家村上春树获得诺贝尔文学奖。

她的成功被认为是理所当然的，当听到中国很多作家在五六十岁就封了笔，她立刻惊讶得说不出话来。"这简直不可思议，"她不假思索地说，"过去我太忙，写的时间太少，现在退休了，我终于可以把未完成的心愿给完成。人生总有取舍，我的时日已经不多，所以我必须加倍努力。"在外人看来，到了这种境地，莱辛的话多少有点让人感慨年华易逝的无奈，但她对成功和人生的感悟却是出自肺腑，毫无做作之意。

"人总要学会取舍。只要能动，我就会毫不犹豫地坚持我的理想。"最后她说。

莱辛说的这番话，让人感触颇多。记得卡耐基有一句名言："最重要的是，不要去看远处模糊的，而要去着手清楚的事。"但我想，当我们的生命遭受滑铁卢的时候，当我们在一次次努力都看不到回报的时候，我们是否还有坚持的勇气呢？人要学会取舍，需要一种理性，更需要一种态度，一种昂首向上的态度，其中包含着自信和坚强，也涵盖着勇敢和自足。

路在山的另一侧

■ 周海亮，职业作家，"最受青年读者喜爱的作家"之一。作品常见于《读者》等,《半月谈》杂志社特约记者,教育部"十一五"规划课题组专家。出版有长篇小说《浅婚》,小说集《太阳裙》等 20 余部。

高三那年暑假,我一个人去位于胶东半岛的崮嵛山区旅游。那天我遇到一座不高的小山,经过与地图的仔细对照后,我知道这座山的顶部有"老子道德经"的石刻。于是我决定爬上去,凭感觉,我认为自己完全可以用半天的时间到达山顶。

根本没有路,我只能借助突出的岩石和疯长的青藤艰难攀爬。不断有松动的石块从我身边滚落,过程的艰险程度,远超出我的想象。

途中,有那么几次,我几乎想放弃。但那个石刻牢牢地吸引了我,激励着年少狂妄的我继续。

终于爬到山顶了,人却累得骨头散架。我坐在最高的一块石头上,一边喝水,一边很有成就感地四面眺望。突然,我发现,山的另一侧,有一条路。

一条青石铺成的台阶路,从山脚,缓缓地通向山顶。台阶的两侧有铁索做成的扶手,台阶上行走着游人，甚至有兜售矿泉水和纪念品的小贩。比起我刚才的狼狈相，这些人更像是在自家的花园里散步。

显然，这才是一条登上山顶的正确的路。

我的目标其实只是那个石刻，而不是探险和爬山。那么，我刚才的选择显然是一个错误。虽然最终还是爬上了山顶，但我却付出了比别的游人多出几倍的艰辛和时间。

其实假如我多看一眼地图，或者找个当地人问一下，那么，我完全可以及早发现这条台阶路，而不必冒着生命危险，一个人在山的另一侧攀爬。但是我没有。年轻的自信和冲动，很多时候，其实是盲目的另一种解释。

通向目标的路，有很多条。在这很多条中，有那么一条，无疑是最短、最安全、最快捷、最适合你的。之所以没有发现，只因为你的面前有一座山。这座山，暂时遮挡了你的视线。

而那条路，其实就在山的另一侧。

当然你还可以自己开辟一条路，比如我艰难攀爬的那条。不过这需要过人的胆识、无畏的勇气和充足的时间，以及你对于这条路的了解和把握。而当时我的选择，却不过是一种急躁状态下的盲目罢了。这显然太过危险。

人生短暂。当目标不可动摇，那么，先静下心来选择一条正确的路，远比不顾一切的盲目行动，要重要得多。

天无绝人之路

■ 姜钦峰，作品常见于《青年文摘》《意林》等，作品收入百余种丛书或中学生课外读本，十几篇被编入中学语文试卷，并有作品被拍成电视散文在央视"子午书简"播出。出版有散文集《像烟花那样绽放》等。

鲍曼是美国空军的一名伞兵，由于素质过硬，被选入"金士骑士"特技跳伞队。这是至高无尚的荣誉，"金士骑士"的每一位成员，都是从伞兵部队中选拔出来的精英，因为他们的工作就是挑战极限。

特技就意味着高难度和高风险，尤其是高空跳伞，稍有不慎就将粉身碎骨。和大多数年轻人一样，鲍曼热爱这份危险而又浪漫的工作，在蓝天上自由翱翔，是他最大的人生享受。队员们每年要参加上百次训练和表演，从未出过半点差错，然而鲍曼没有想到，有一天噩运竟会突然降临。

在一次例行训练中，鲍曼和一名队友合练一个高难度动作，两人同时跳伞，然后在空中分开，完成自由落体动作。这个动作他们以前演练过无数次，一直配合默契，从未出过闪失。但是这次出现了意外，由于队友操作失误，偏离了预定轨道，忽然闪电般向鲍曼冲过来。鲍曼发现了危险，但是根本来不及躲避，悲剧瞬间发生，两个人在空中高速相撞……

队友当场丧命，鲍曼侥幸活了下来，却永远失去了双腿。噩运并未就此结束，鉴于他的身体状况，部队建议他退役。不久后，新婚才几个月的妻子又向他提出了离婚。鲍曼静静地坐在轮椅上，仰望蓝天，潸然泪下。这场灾难几乎夺走了他的一切，家庭、事业、梦想，统统化为美丽的肥皂泡，风一吹就散了，无影无踪。

鲍曼一度消沉沮丧，甚至失去了生活的勇气。但他很快意识到，悲伤并不能改变事实，如果继续沉沦，又将失去未来。他努力让自己振作起来，决心东山再起，重返蓝天！这个想法，已经不能用"大胆"来形容，简直就是"离奇"。所有人都觉得不可思议，认为鲍曼异想天开，一个失去双腿的残疾人，能否正常行走都是大问题，特技跳伞简直是天方夜谭。

鲍曼不去理会别人的怀疑，朝着目标坚定迈进。一步登天显然不现实，他首先必须安装一副合适的假肢，让自己摆脱轮椅。一家假肢公司愿意帮助鲍曼，专门为他设计新型假肢，经过无数次试验和改进，鲍曼终于又获得了"双腿"。他夜以继日地进行恢复训练，断腿处磨出了无数血泡，依然咬牙坚持。凭着惊人的毅力，鲍曼离梦想越来越近，不仅可以像常人那样行走自如，还能骑自行车、潜水、滑雪……

事故发生九个月后，鲍曼奇迹般地回到了部队，重新投入蓝天的怀抱。鲍曼复出的那天，无数人从四面八方赶来，聚集在地上翘首仰望，要共同见证这个伟大的时刻。当鲍曼从机舱跃出，自由翱翔在天空时，人们振臂欢呼，感动落泪。鲍曼成为了世界上第一位没有双腿的特技跳伞队员，这是凡人创造的神话，因为鲍曼的加入，蓝天上从此多了一抹绚烂。

天无绝人之路！

　　三年后，鲍曼从部队退役。但他的脚步并未停下，他开始去世界各地演讲，用自身经历告诉人们，只要你不放弃，生命就没有极限。每到一处，鲍曼总会说同样一句话："如果命运折断了你的腿，它一定还会教你怎么跛行。"是的，没有什么可以把你打败，除了你自己。

舒适的代价

■ 朱砂，作品常见于《青年文摘》《读者》等，《有一种情，叫相依为命》和《打给爱情的电话》先后被评为《读者》杂志"最受读者欢迎的作品"。《5点45分的爱情》获2008年中国晚报作品新闻副刊金奖。

20世纪初，在美国伊利诺伊州的奥克布洛市，一个名叫雷·克洛克的男孩儿降临在一个普通的城镇家庭里。读到高中二年级时，因为贫穷他被迫离开了学校。后来，克洛克想在房地产方面有所作为，开始在佛罗里达推销房地产。好不容易生意打开了局面，不料第二次世界大战烽烟四起，房价急转直下，结果"竹篮打水一场空"，他破产了。回家的路上，他没有大衣，没有外套，甚至连副手套也没有，走在冰冷的大街上，想到一直伴随着自己的低谷、逆境和不幸，他心灰意冷。走到家门前，望着厚厚的窗帘缝中透出的橘黄色光，克洛克忽然泪流满面，对于一个男人来说，这一刻，责任是他活下去的唯一理由。

接下来的日子，克洛克依然努力寻找着适合自己的工作。虽然时运不济，但他并没有怨天尤人，他深信并非没有时运，而是时候未到，他执着地认为大路是为那些审时度势、自强不息的人铺就的。

半年后，克洛克遇到一个名叫普林斯的人，他发明了一种多轴奶昔搅拌机。克洛克认为这种机器里蕴藏着很大商机，于是他立即与对方谈判且取得了机器的专售权，并辞掉工作致力于该机器的市场推销，一干就是 15 年。

1954 年，雷·克洛克前往加利福尼亚州的圣伯纳地诺城考察，之所以去那里是因为那里有一个小店一次性订购了 8 台多轴奶昔搅拌机，而在他过去 15 年的推销生涯中，从来没遇到过这样大的客户，凭直觉他感到这位客户的买卖一定很兴隆。

果然，到了圣伯纳地诺城，他看到了马克和狄克兄弟开设的一家小汉堡店。室内没有座位，菜单上只有汉堡、饮料、奶昔等速食产品，人们可以在不到 1 分钟内点菜，并得到食物。虽然店内的伙计们忙得不可开交，但顾客仍然排起了长队。那一刻，克洛克看出他的客户经营的餐馆简直就是一座金矿。克洛克问餐馆的主人马克和狄克兄弟为什么不多开几家分店。狄克笑着指了指不远处山坡上一座白色的建筑说："那是我们世代居住的地方，冬天我们可以躺在房子前面的斜坡上晒太阳，夏天我们可以在屋后的池塘里戏水游玩儿。如果我们开了连锁餐馆，就不得不一次次到陌生的地方去照看我们的生意，那样我们永远不会有这样的闲暇时光了。"听完狄克的话，克洛克马上意识到机会来了。他对狄克兄弟说，如果他们能授权自己在全国各地开分店的话，自己将给他们兄弟提取利润的 5% 作为回报。面对不劳而获的收益，马克和狄克兄弟马上答应下来。

克洛克开始着手分店的选址工作。1955 年 4 月 15 日第一家分店在芝加哥开业。随后，增设分店的速度越来越快。1961 年，克洛克以270 万美元的高价向马克和狄克兄弟买下了包括名号、商标所有权和烹饪处方等各项专利，完全拥有了这一品牌。如今，克洛克创下的连锁餐馆已经在全世界 5 大洲的 121 个国家拥有 3 万家门市，年营业额超过了 400 亿美元。对于美国人雷·克洛克的名字，我们知之甚少，但他一手创建的快餐店的名字却无人不知，它就是世界两大快餐航母之一，与肯德基并驾齐驱的另一快餐巨头麦当劳。今天当一些人为雷·克洛克的发家史感慨万分时，亦有另一些人为那两位因追求安逸生活而放弃了成为亿万富翁机会的马克和狄克兄弟扼腕叹息。已故的美国福特汽车公司总裁罗伯特·伍德鲁夫说过："未来属于不满足的人！"舒适、安逸的生活很容易消磨掉一个人的意志。如果说马克和狄克兄弟为了舒适的家失去的是麦当劳这一可以带来亿万财富的著名品牌的话，那么一个贪图享受的年轻人为此所付出的代价则是一生的碌碌无为。

没有一种冰不被阳光融化

■ 马国福，中国作协会员，作品常见于《读者》等，教育部
"十一五"课题文学专家，中华版权保护中心签约作家，龙源
期刊网专栏作家。出版有《赢自己一把》《给心灵取暖》等。

多年前，那时高考很不容易，我的故乡一个城
市里的学校有 50 多个学生的班上能考上 10 个就
很不简单了。一个落后的村庄就更不用说了，一年
考大学的十几个人中间只有一两个人如愿以偿。

我上高三的那一年名落孙山，从此一蹶不振，
整天浑浑噩噩，像一棵蔫了的草。一张没有带给我
荣耀的成绩单将我隔离在理想世界之外。当时我一
气之下想撕碎课本，认命与庄稼为伍，从此不再读
书。父亲一直是乐观的，他没有责怪我，默默地拉
住我的手，说："孩子别这样，东方不亮西方亮，
人活一世三十年河东三十年河西，没有过不去的坎，
再复读一年吧，哪里的麦地不长庄稼？！"

那段时间我每天陪着父亲下地挖蒜、割麦、翻
地。休息的时候，父亲总是以他的农村哲学给我灌
输诸如"车到山前必有路"、"留着青山在，不怕

没柴烧"，但他从不提及落榜之类的字眼，我知道他在忍受着内心的疼痛强装笑颜小心地呵护着儿子可怜的自尊。我在内心深处用消极生活的态度筑起的壁垒被父亲的安慰一点点瓦解、崩溃。我可怜的父亲就像一头永不知疲倦的黄牛，一边在生活的阡陌上耕耘着那几亩并不肥沃的土地，一边在生命的田野上守望着我们这些因一时的风雨而倦怠、叹息的庄稼。

暑假过去了，新学期我卷起书本又重新加入千军万马挤独木桥的行列之中。送我上路的那天，他特意刮了胡子，将脸洗得干干净净，穿了一身平时不怎么舍得穿的新衣服。我知道他是想以这种新的面貌潜移默化影响他的儿子，希望他以新的成绩来回报他全新的期待。我上车后他只说了一句："你肯定能行的！"车开动了，车窗外九月的阳光将父亲结实的身影照耀得格外高大，我鼻子一酸，几乎掉泪，但强忍着没有让脆弱的泪水掉下来。父亲如此相信他的儿子，我还有什么理由不自信呢？

复读的学习是很紧张的，每当想偷懒时我总是不由得想起父亲的那句话"你肯定能行的！"于是奋起、埋头、苦学。那年寒假期末考试我考得并不怎么理想。回到家里我如实相告自己的成绩，父亲说没事。我尽可能地帮父亲多干一些农活，以洗刷因学习的失误带给父亲的痛苦。

有一次在河边放树，累了，我和父亲坐在河边的一块大石头上，父亲抽烟，我埋头，一脸的心事。看着河面上结得厚厚实实的冰，父亲突然问我："你知道冰什么时候开始融化的？"我不知他为什么要问这么简单的问题，脱口而出："天气变暖，气温升高的时候"。父亲笑了，一脸的执着："不，孩子，你错了。冰看似在一夜之间融化，但实际上是在很早以前，从最寒冷的那一天开始，已经融化，只是没有人注意到。你的失败不就是暂时的寒冷吗？没有一种冰不被自信的阳光融化，其实只要你自信，这失败的冰早就融化了。"夕阳的余晖洒在父亲身上，脚下看似坚硬厚实的冰在水的起起伏伏中一点点融化。真的，仔细观察确实如此。父亲的意思我懂。

　　那年七月我被西安的一所重点大学录取。印证了父亲说的那句话："冰实际上是从最冷的那一天开始融化。"现在，我们度过了最寒冷的时候，幸福的阳光每天都慷慨地洒在我们身上，我知道，没有一种冰不被自信的阳光融化。

转过身去看世界

■ 查一路，某高校副教授，作品常见于《读者》等，搜狐网"中国时事评论员"，千龙网"特约撰稿人"。文章被大量报刊转载并收入各种选本。散文多次在中央电视台"子午书简"栏目中播出。出版有《冬日暖阳》等。

许多年前，有位年轻的美国律师陷入深度的消沉和忧郁之中。当时，他的朋友把他能接触到的小刀和刀片都拿走，怕他万一想不开走上绝路。这段时光他写下了自己的心态：我现在是世界上最不幸的人，究竟我能不能突破困境，我也不敢说，我有预感，似乎不会好转。

这位年轻的律师，后来竟做了美国历史上最伟大的总统——林肯。是什么让他如此沮丧以致绝望，又是什么让他在沮丧与绝望之间旋踵而去？时光飞快，现在人们只能从其隐秘的内心和散落的历史断章中去寻找答案。

可以肯定的一点是他走出了自己的阴影，走向了成功和自信。

记得上小学时，我参加过一次作文竞赛，结果未能如愿以偿。我在那条孤寂的回家路上，黯然神伤，老师极力安慰我。但我只看见老师一张一翕的嘴，犹鱼之嗫喋。忽听老师一声断喝："转过身去看世界！"我转过身去，面对着阳光，花草树木，生意盎然，它们尽情地向阳光舒展着自己的花瓣和叶片。即使是卑微的小草，它的正面也努力地朝向阳光。"难道它们心中就没有苦痛？"随即，阳光照进了我的心灵。

多少年过去了，那位老师的话一直在我耳边萦绕。其实，那一天的午后，我一直行走在阳光下，只是我背对着光明，才只看见自己留在地上黑暗的影子，把一片明丽的世界弃之身后。风雨人生有太多这样的时候。诚然，许许多多的过去值得我们去缅怀追忆，但更有许许多多生命难以承受的阴影需要我们突围而去，需要我们以睿智和勇气拭去刻画在心灵里千百条伤心的理由。这时，无论你是怎样的四顾茫然、四面楚歌，也无论你置身怎样的泥泞坎坷荆棘丛生之地，只要有一缕星光的照拂，你也当义无反顾、毅然决然转过身去，坚信——抵达人生的目标可以殊途同归。

转身的动作，是机智地应变人生的策略和姿势。它不是逃避和沉沦，它与畏惧和退缩无关。它是自身价值的重新审视和把握，它是对未知道路的重新判断和划定。它蕴含明智和成熟，摒弃忧郁和苦痛，唤回自尊和自信，铸造不屈和坚韧，策划今天和明天，预示希望和成功。转身的动作并非有千仞万壑难涉，它其实只在你的意念之间——永远在你的把握之中。

譬如，一位在战争中失去双腿的士兵，余生只能在轮椅上度过，但他并没有让生活的愁云惨雾笼罩身心。相反，他说："我是世界上最幸运的人，倘若那颗手留弹在我的脑袋上炸响，我便失去了一切！"一个转念，一次心灵的转身，一种乐观精神对肉体痛苦的顽强超越。

转过身去！每天的欢乐不再昙花一现，每天的忧伤不再失而复归。天高云淡，日丽风清，阳光将照耀我们流泪的面庞。在茫茫的人生旷野上，我们坚韧地行走。如果行走的一生便是一生的行走，那么，就让我们将自己长长的背影丢在身后。

一只眼睛也能看见天堂

■ 包利民，黑龙江呼兰人。作品常见于《青年文摘》《格言》等，教育部"十一五"课题组文学专家。多篇文章被选作全国高考或中考试卷作文材料或阅读材料。出版有《当空瓶子有了梦想》《激励奋进的学习故事》等。

法国南部有个叫安纳西的小城，城中心的广场上矗立着一尊雕像，那是一个普通的士兵，而在小城他的名字却家喻户晓。他叫约翰尼，在二战中，他所在的部队在这里战至只剩下他一人，他却没有退走，在街巷屋顶，不停地狙击城里的德国兵。他精准的枪法，使上百名德军把命丢在这里。最后他在敌人的围攻下壮烈牺牲，战争胜利后，小城的人民为了纪念他，在广场上竖起了这座雕像。

可就在这一年，约翰尼的雕像却时常发生着怪事。一天早晨，人们发现雕像的一只左眼被人用泥巴封住了，清洁工人把泥巴弄掉后，第二天，却依然发生了同样的情况。这下人们议论纷纷并十分愤怒，痛骂亵渎他们心目中英雄的那个人。为此，人们自发地组成夜巡队，试图抓住恶作剧者，可是一连几晚都没有进展，而令人吃惊的是，那块泥巴依然神不知鬼不觉地出现在雕像的左眼上。正当人们惊疑不定一筹莫展之际，一位名叫帕克的老人自告奋勇地站出来，说要单独解决这件事，面对这个老人，几乎所有的人都怀疑他能否胜任，可看他充满自信的神情，便也只好让他一试。

帕克老人开始行动了，拒绝别人的帮助。那天夜里，他搬了一把椅子坐在广场上，眼睛闭着，似乎睡着了。不知过了多久，寂静中传来啪的一声轻响，老人忙向雕像走去，伸手取下雕像左眼上的一小团泥巴，把玩了一会儿，侧耳四处听了听，带着微笑搬起椅子回家了。

第二天上午，帕克老人来到雕像面对的那片平民区，这里离雕像只隔着一条街道。他走走停停，最后站在了一户人家的门前，举手敲门。良久，门开了一条缝，一个十四五岁的小孩探出头来问："你找谁？"老人说："我路过这里，可以进去坐会儿吗？"小孩犹豫了一下，还是把门打开了。在院子里坐下后，老人缓缓地问："小提米拉，告诉我，你为什么要这样做？"小孩吃了一惊，下意识地后退了两步，说："你说些什么？我听不懂！"老人笑了，说："小提米拉，我知道是你做的，虽然我不能亲眼看见。不过你别害怕，我是不会说出去的！"小提米拉盯着帕克老人看了好一会儿，才问："你怎么知道我的名字？又怎么知道是我干的？"老人点点头，说："几年前我就知道你，一场意外使你的左目失明，从此你就面对着许多人的嘲笑，你的事这一带有谁不知道呢？"

沉默了好一会儿，小提米拉抬起头，右眼中放出恶毒的光来，恨恨地说："你知道他们叫我什么吗？他们叫我独眼鬼！还有不少小孩向我扔石头，跟在我后面辱骂我。我要把他们心目中的英雄也弄成独眼鬼，看他们还能不能笑得出来？"帕克老人听后，说："孩子，我来找你，并不是要责备你，我只是感到好奇，你是用什么方法把泥巴弄到雕像的左眼上去的？"小提米拉有些得意地说："我自制了一把枪，把泥巴团成丸装进去，然后爬上房顶，就射在雕像的左眼上了！"老人哈哈大笑，一边鼓掌一边说："真是聪明，枪法也准，这么远的距离，那么暗的路灯，你能居然能瞄得那么准！"小提米拉垂下头来，说："我瞄得准，是因为我只有一只右眼！"

老人站起来，抬手抚了抚小提米拉的头，说："孩子，这个雕像，也就是约翰尼士兵，你知道吗？在那段战争的日子里，他用一只眼睛的时候也是最多的。他要在城里狙击敌人，要闭上左眼瞄准，他枪法那么好，就是因为只用一只右眼。而你的枪打得这么准，也是只用一只眼睛的缘故。所以说，不要抱怨上帝对你不公平，也不要痛恨那些嘲笑你的人，命运夺去了你的一只眼睛，是让你把目标看得更清楚、更准确！"小提米拉的右眼中，淌出泪水来。帕克老人转身向门口走去，出门前撞到了墙上，他回头笑着说："忘了告诉你，小提米拉，我的双目许多年前就失明了，你这个院子我不熟悉，才会撞到墙！"看着老人慢慢远去的背影，小提米拉的两只拳头攥得紧紧的。

从此，雕像的左眼上再没有泥巴出现，人们也渐渐淡忘了此事。几年之后，在全法的射击大赛中，一个独眼的人却一举夺魁，而且是历届冠军中唯一的满环。站在领奖台上，小提米拉的右眼中放出热切而坚定的光来，再无怨怼与愤恨，因为他明白，一只眼睛中的世界，也可以是完整而美丽的！

攀爬来的财富

■ 徐立新，教育部"十一五"规划课题组专家，作品常见于《特别关注》等。迄今已发表各类作品近 100 万字，部分改编为电视散文在中央电视台 10 套"子午书简"栏目播出。出版有《大爱故事》等。

出生在法国一个古镇的他，从小他就患有恐惧症，为了克服恐惧症，锻炼自己的身体力量和意志力，他把卧室改装成一个室内攀岩室，每天都要在那里训练攀爬，一次又一次地重复，他还时常把自己"倒挂"在悬空的室内岩壁上一两小时，想象此时的自己就是在真的岩壁上。

训练一段时间后，在身上有安全绳的保护下，他开始攀爬门前的一座大峡谷，可是，谁也没有想到，1982 年的一天，19 岁的他在一次攀爬中，身上的安全绳突然断为两截，他被重重地摔了下来，脑部严重受伤，陷入重度昏迷，整整昏睡了 6 天。此外，他的骨盆、脚后跟、鼻梁骨以及大腿都发生了不同程度的骨折，医生说，以后他不可能再从事登山攀爬运动了。

更糟糕的还有，这次意外还让他患上了间歇性癫痫病，从此需要不断服用药物，才能抑制病情的发作。

可是，固执的他偏不信医生的话，等身体的伤痛好后，他又开始攀爬了，而且更离谱的是，他居然不要任何安全辅助设备，不带任何安全绳，而是完全的徒手攀爬！

他说："我曾经那么信任安全绳，可是它却欺骗了我，好吧，那么就让它见鬼去吧，从此我只信我自己。"

谁也没想到，他居然真的成功了，第一次赤手空拳地攀爬，就漂亮地拿下了一座高达360米的山崖，创造了一个前无古人的世界纪录，一举震惊了世人！

此后，他一发而不可收拾，先后又徒手攀爬了金门大桥、埃菲尔铁塔、花旗银行大厦等高层建筑物。

2007年5月31日，他决定徒手攀爬88层、420米高的上海金茂大厦，但这次攀爬比其他以往任何一次都危险，因为抑制他癫痫病发作的药物用完了，而这种药物在中国根本买不到，因为在中国购买这种特殊用药需要特别审批，没有医生敢给他开此药的处方。

家人劝他放弃攀爬，因为这意味着，他在攀爬的过程中，癫痫随时可能发病，而一旦发病，既意味着送命。可是，他还决定要冒一次险！

在攀爬的过程中，他全神贯注，他只想着两件事——要么掉下去，死；要么爬上去，活。最终，他在死亡的边缘游离了90分钟，成功地爬到金茂大厦的最高层，而后又按原路攀爬了下来。

冒险依旧在继续，2009年的一天，他又攀爬了吉隆坡的双子星塔，在这之前，他曾爬过双子星塔两次，但都因为被大楼的保安及时发现，分别在中途的第54层和60层被截下。这次为了逃过保安，他选择在光线严重不足的黎明前攀爬，他甚至看不清手脚该放到哪里，但是最终他爬到了452米的塔尖——云之端，再次创造了一个新的世界纪录。

然而这个纪录很快又被他改写，2011年3月28日晚，历经数小时，他又成功攀登上当今世界最高建筑物、高828米的迪拜哈利法塔！

其他人也想这样做，但是他们没有胆量，我不喜欢四平八稳的生活，为此我敢！

他称，每次在徒手攀爬前的几小时里，他都要让自己静静地待着，让身体和精神都做好充分的准备，以便把风险降到最低，"每次攀爬前，我都感觉到大限将至，只剩下几小时可以活了"。

不错，他就是世界单人徒手无保护攀爬者阿兰·罗伯特，一个真实版的现代"蜘蛛人"。

"生命就是一种体验，当你体回到思想完全控制自己的肢体时，这就是生命的感觉。"阿兰·罗伯特自信地表示："现在，任何地方，只要给我一个支点，我就能徒手攀爬上去。"

阴霾是失去信念的阳光

■ 古保祥，作品常见于《青年文摘》《格言》等。至今已发表文章 300 余万字，十余篇文章选入各地中高考试题。出版有《为自己画个月亮》《杯记得茶的香味》等。

1967 年 5 月，美国西雅图第一中学，操场上人声鼎沸，学校正在举行一年一度的篮球比赛，以华人骆家辉为首的一支篮球队与另外一组篮球队在赛场上狭路相逢，双方剑拔弩张，打得不开可交。

由于裁判的一次误判，骆家辉对这样的结果感到不满意，他上前与裁判申诉，裁判认为他无理取闹，便掏出了黄牌，对方球员认为骆家辉输不起，便用嘲笑的口吻讽刺他，他忍无可忍，将一记耳光轻松地放在了对方球员的脸上。

球场上发生了械斗事件，这在西雅图中学还是头一遭，校长闻讯后，要求对闹事者严惩不贷，当时的美国，对华人有偏见，骆家辉收获了一份停学三个月的惩罚书。

骆家辉不服气这样的判决，他几次找到校长申诉，校长觉得他不可理喻，便给他的父亲打了电话，让父亲领他回家反省。

父亲领着骆家辉回到西雅图的家园，他们每天在田园里劳作。骆家辉低着头，失败的阴影始终笼罩着他，他一心想当个好学生，将来振兴华人在美国的影响力，可是这样的道路走起来却无比艰难。

有一次，他与父亲一起拉着一大车的蔬菜去市场上叫卖，但在回来的路上，却突然遇到了暴雨，由于未带雨具，周围也没有一个适合的避雨场所，他们被淋成了"落汤鸡"。

雨始终没有停下来的意思，父亲看了看天，对骆家辉说道："我们接着赶路吧，等到雨停了，天也就黑了，我们就失去了光明，回家的路会更加坎坷。"

骆家辉看了看天，他看到一大块一大块的阴霾缠绕着天际，挥之不去，他嘴里面嘟囔着："怎么都是阴霾，阳光哪去了？"

父亲一边在前面拉着车，一边大声告诉他：不，阳光就在那儿，它没有走远，阴霾只是失去信念的阳光，只要天空充满了力量和自信，用不了多久，阴霾就会变成阳光的。

父亲的话很有哲理性，让骆家辉有些顿悟，他一边推着车子，一边抬头看天，果然，好大会儿，雨停住了，夕阳露出了笑脸，阴霾消失怠尽。

这个叫骆家辉的孩子不负众望，一口气奔跑在青云直上的仕途上，2009 年，奥巴马提请骆家辉为第一任华裔商务部长；2011 年，他又被奥巴马钦点为新一任驻华大使，奥巴马在白宫自豪地透露：骆家辉是担任驻华大使的唯一人选。

阳光无时无刻不停留在我们的天空中，只是我们被困难所缠绕，被失利所笼罩，我们的双眼沾满了泪水，却没有看清前方的康庄大道。

阴霾只是失去信念的阳光，在乌云覆盖的天空下，只要我们从不停歇，多去分析失利的原因，总结经验，总有一天，我们的双手一定可以拨云见日，阳光会重新照耀生命的蓝天。

图书在版编目（CIP）数据

飞扬：向上吧少年/省登宇主编.——北京：国际文化
出版公司，2013.11（2024.5重印）
ISBN 978-7-5125-0579-7

I.①飞…　II.①省…　III.①短篇小说－中国－当代
IV.①I247.7

中国版本图书馆CIP数据核字（2013）第236102号

飞扬：向上吧少年

主　　编	省登宇
责任编辑	宋亚晅
统筹监制	葛宏峰　李　莉
策划编辑	李　莉
特约编辑	张　艳
美术编辑	李丹丹
出版发行	国际文化出版公司
经　　销	国文润华文化传媒（北京）有限责任公司
印　　刷	三河市同力彩印有限公司
开　　本	700毫米×1000毫米　　16开
	17.5印张　　　　　241千字
版　　次	2013年11月第1版
	2024年5月第2次印刷
书　　号	ISBN 978-7-5125-0579-7
定　　价	59.80元

国际文化出版公司
北京市朝阳区东土城路乙9号　　邮编：100013
总编室：（010）64270995　　传真：（010）64270995
销售热线：（010）64271187
传真：（010）64271187-800
E-mail：icpc@95777.sina.net